陰陽師 三腳鐵環

陰陽師系列 第十一部

夢枕獏——著
村上豐——繪
茂呂美耶——譯

目錄

三腳鐵環 5
三腳鐵環 譯註 101
鐵輪戀鬼孔雀舞 103
鐵輪戀鬼孔雀舞 譯註 155
作者後記 夢枕獏 156
繪者後記 村上豊 158
對談 用筆和繪筆所編織出的平安之黑暗 159

三腳鐵環①

日復一日病相思
日復一日病相思

女人一步步走著。
身著白衣。
形單影隻。
形單影隻、身著白衣的女人，一步步走著。
打著赤腳。
走在半夜三更的森林中。
盤根錯節的蓮香樹②、七葉樹③、杉、檜等古木遍生。古木下是蓊鬱雜草，岩上則被覆著羊齒與青苔。
女人柔軟白皙的腳板，踏過青苔、雜草、岩石、樹根及泥土，往前走著。她的腳板、纖長手腕、頸子與臉，比身上裝束還要白皙，浮在黑暗中。

月光自她頭上茂密枝葉間灑落，有如青色鬼火，在女人的長髮、肩膀與背上搖曳。

若說蜘蛛之細絲
真能夠繫住悍駒
蜘蛛亦潔身自愛
貳心之男不委身
果然人心隔肚皮
一失足成千古恨
只恨自己瞎了眼
有苦難言無處訴
八千里路貴船宮
但求在有生之年

誅負心人食後果
快呀快呀快走呀
心如貴船川流水

女人的蓬亂長髮未經梳理，垂掛在臉頰、鼻子及頸項。
她彷彿爲了某事而冥思苦想，雙眼凝視著遠方。
赤裸腳趾的趾甲已裂開，滲出點點鮮血。
女人似乎不怕走夜路，也不覺得腳板痛楚。
更大的不安，讓女人不怕走夜路；更大的痛苦，讓女人感覺不到腳板的痛楚。

每夜走熟了的路
每夜走熟了的路
糾河原御菩薩池
輕車熟路鞍馬道

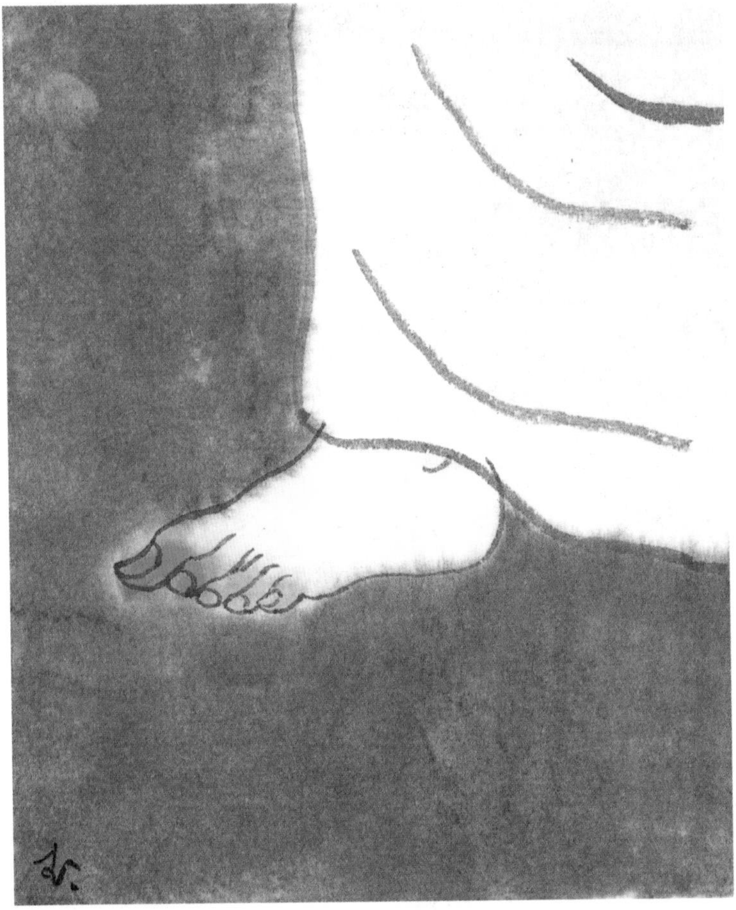

女人的目的地是貴船神社。

貴船神社年代久遠，位於京城北方的鞍馬山西方。

主要祭祀高龗神、闇龗神。

祂們是水神。

據說向兩水神祈雨，上天就會下雨；再祈求，可以讓上天止雨。

又據說伊奘諾尊④以十拳劍斬下迦具土神的頭顱時，自劍尖滴下的鮮血從指間滲出，誕生了此兩神。

根據社傳記載，祭祀主神除了此兩神外，還有罔象女神、國常立神、玉依姬，或天神七代地神五代、地主神⑤等等。

高龗神、闇龗神的「龗」，正是龍神。

高龗神的「高」，是山峰；闇龗神的「闇」，則是山谷。

該神社的社記上記載：

「為保國家安定、守護萬民，太古『丑年丑月丑日丑時』，兩神下凡至貴船山半山腰鏡岩。」

女人走在昏暗的山谷小徑。

再過不久，便是丑時。

飄零身世心已死
風燭草露若吾身
市原野地草叢深
鞍馬川月黑風高
穿越橋面是彼岸
終於抵達貴船宮
終於抵達貴船宮

女人紅唇上含著一根鐵釘。
左手握著木偶，木偶上以墨汁寫有某人名字；右手則握著鐵鎚。
來到神社入口，女人停下來。
因爲對面站著一個男人。
從男人的裝束看來，似乎是貴船神社的神官。

「對不起……」

男人開口對女人說。

女人將含在嘴裡的鐵釘，吐到握著木偶的手中。

「什麼事……」

女人一邊細聲回問，一邊將握著木偶與鐵鎚的雙手藏進袖中。

「我今晚夢到個很奇怪的夢。」

「夢？」

「夢中出現兩條大龍神。龍神說，今晚丑時將近時，會有名白衣女子上山來，要我轉告這女子……」

「說什麼？」

「說：『今晚是最後機會，神將應允汝的願望。』」

「唷……」

女人微微勾起脣角。

「身穿紅衣，臉塗丹粉，髮戴鐵環，三腳點火，怒氣攻心，如此，即能成爲鬼神。」

男人還未語畢，女人的唇角便逐漸揚高，露出白齒。
她滿足地笑道：
「啊呀！真可喜。」

語聲未畢容先變
語聲未畢容先變
本是有女顏如玉
搖身一變夜叉婦
綠髮倒豎半空中
天上湧現黑雲朵
暴風疾雨雷聲響
鴛侶竟破鏡分釵
新仇舊恨化厲鬼
讓他知曉離恨天
讓他知曉離恨天

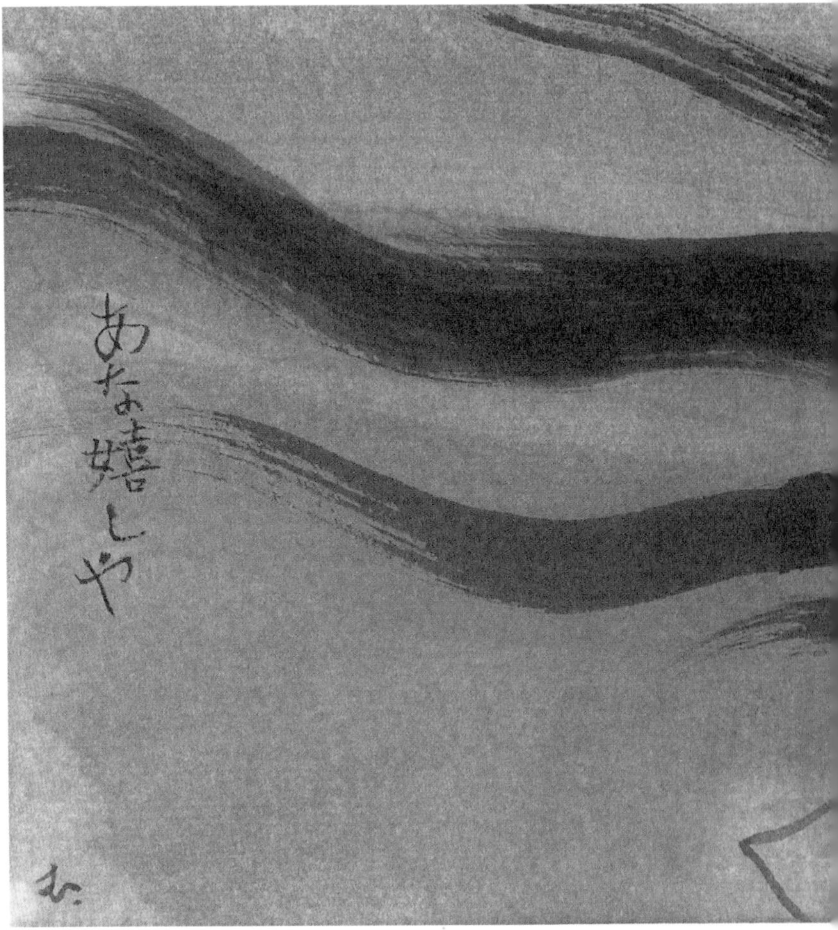

啊呀！真可喜。

女人雙眸閃閃發光，蓬鬆黑髮倒豎而立，看似已化身爲鬼。

二、

「事情就是這樣，晴明。」

源博雅向安倍晴明說。

兩人正坐在土御門小路的晴明宅邸窄廊⑥。

博雅盤坐在窄廊地板，晴明則豎起單膝，背倚柱子，與博雅相對而坐。

兩人之間有一酒瓶，另有兩只玉杯。

午後——

離傍晚還有一段時間。

庭院中，陽光斜照在一片繁茂叢生的夏草上。

粉花繡線菊⑦的紅色小花在風中搖曳，一旁的敗醬草已迫不及待，即將開出黃花。

無數小羽蝨與虻，在夏草上的陽光中飛舞。

那光景，彷彿是從山裡原封不動搬一景原野過來，擱在庭院中似的。看似完全未經過人工修整，但東一叢、西一叢茂密繁盛的野草，又像是照著晴明的心意生長出來的。

「你是說，這是昨晚發生的事？」

晴明伸出左手拿起窄廊上的酒杯。

「唔。」

博雅點頭，欲言又止地望著晴明。

「結果，發生了什麼令你傷腦筋的事嗎？」

「正是呀，晴明。」

「說說看吧。」

「那位貴船宮的神官名叫清介。他向女人說完那些話後，心裡有點發毛，回去後馬上鑽進被窩。」

可是，他愈想入睡，雙眼反倒愈清明有神，根本睡不著。

內心老是掛念那女人。

那女人到底是什麼來路？那之後她又會如何？說起來，那女人究竟爲了什麼，三更半夜來到這種地方呢？

丑時——換算成現代時間，相當於凌晨兩點。

清介想到女人每晚都於這種時間自京城來訪的執著，就覺得有如一桶冷水潑在背上。

「我懂了……」

晴明脣上浮出感興趣的微笑。

「那個叫清介的男人，他說謊了吧。」

「晴明，你怎麼知道？正是如此呀。」

「然後呢？」

「總之，清介早就知道那女人每晚於丑時前來參拜的事。因女人太執拗，清介便與同僚商量，捏造兩神顯靈托夢的謊言。」

那女人對某人恨之入骨，想詛咒對方死去。爲此，她才每晚到貴船神社，祈求讓自己化爲鬼神。

清介明白她的目的。

那個男人，他說謊了吧。

然而，女人每晚都來，不但令人心裡發毛，而且萬一她眞的變成鬼、貴船神讓她如願的風聲一傳開，致使夜夜丑時前來參拜神社的人大增，那麼，貴船神社很可能以具備邪力而聞名。

貴船神社不希望事態演變至此。

「所以叫她戴鐵環？」

「沒錯。」

鐵環是一種鐵製的底座，用以架在柴火上，支撐鍋釜。

也就是火架。

有三根支柱。

將這火架倒放，戴在頭上，讓支柱朝上，那麼三根支柱便可視爲三支角。

在支柱上點上燭火，把臉塗紅，再穿上紅衣，的確很接近鬼的形象，但那也僅限於當事者眞正化爲鬼時。有血有肉的活人若作如此打扮，只顯得滑稽可笑。

「所以，大家才想出讓那女人鬧笑話的主意？」

晴明，你怎麼知道？正是如此呀。

「正是呀，晴明。」

「可是，告訴女人後，大家反而益發感到恐怖……」

「你說的沒錯。」

博雅收回下巴地點頭。

清介鑽入被窩後，腦裡一直浮現那女人歡喜的笑容。

眞是駭人且可怕的笑容呀。

這樣下去，說不定那女人眞的會化爲鬼神。

再仔細想想，又覺得事情有點奇妙。

爲什麼自己會爲了撒那個謊，刻意三更半夜等那女人來？或許，大家以爲鐵環妙計是自己所想，其實是貴船主祀高龗神與闇龗神兩神，暗中指引大家那樣做的。

要不然，怎麼會想到「在頭上戴三腳鐵環」這種主意呢？

一旦記掛起來，清介便再也睡不著覺了。

等天邊開始發白，清介便來到神社後面的杉樹林裡。

樹林深處有棵古老杉樹，樹幹上大約胸部高的地方，有一枝五寸長的鐵釘，釘著昨晚那女人手中所握的木偶。鐵釘貫穿木偶頭部，深深釘入古杉樹幹內。

木偶胸部附近，用墨汁寫上了人名。

「藤原爲良」

清介知道這名字。

應該是住在二條大路以東、神泉苑附近的一位公卿。

萬一，那女人眞的化身爲鬼……

也許這種事眞會發生。不，那樣的女人就算眞化爲鬼，大概也不足爲奇。

雖不知兩人之間發生了什麼事，但若是那女人私自怨恨藤原爲良，又擅自詛咒對方，讓對方眞的死了，神社這方便毫無責任。可是，若是自己所言導致女人成爲鬼……不，即使沒成爲眞正的鬼，那女人卻自認已爲鬼，而去殺害對方的話……

藤原

「所以啊，晴明，清介便親自去拜訪二條大路的藤原爲良宅邸。去了之後，大吃一驚。原來藤原爲良昨夜就開始頭痛，臥病不起……」

清介想起五寸鐵釘深深釘下之處，正是木偶頭部，恐懼更甚。

清介見了藤原爲良，說出昨晚發生的一切始末。

「這位名爲藤原爲良的公卿，聽了清介的敘述，也嚇得心寒膽碎。」

原來藤原爲良知道，那女人是誰。

藤原爲良過去有個女人。

那女人名爲德子，藤原曾與她維持了三年的訪妻⑧關係，約一年前，因另結新歡，便不再往訪女人。

爲良暗忖，大概是德子在詛咒自己。

他也曾嘗試尋找德子的行蹤，卻不知她目前住在何處。

因此——

「結果，藤原爲良就哭著央求，找我幫忙了。」

博雅說。

「不是找博雅，是找我吧？」

晴明回應。

「正是如此。他問我：『能不能仰賴晴明大人的力量，幫我解決這事？』」

「我不太想插手。」

「爲什麼？」

「因爲這是男女之間的問題。他要移情別戀，或遭女人殺死，第三者都沒有理由介入這種事吧？」

「忘了是何時，我曾向爲良大人借過一枝自大唐傳來的笛子，也實際吹過……」

「是嗎？」

「那時，我在爲良大人宅邸吹過那枝笛子後，由於笛聲太優美，便向他借了七天七夜，每天晚上，單獨一人跑到堀川附近，悠閒地邊散步邊吹笛子。」

「唔。」

「某天夜晚，我遇見一位偷偷來聆笛的美貌婦人。」

「婦人？」

「嗯。那晚，堀川旁停著一輛女用牛車。等我吹完笛子，牛車的隨從便請我過去。」

博雅前去後，牛車內響起婦人聲音。

……因受夜夜傳來的笛聲吸引，故來到此地，想看看是哪位貴人所吹。我無法告知己名，也不會詢問您的大名。只想告訴您，我永遠不會忘卻今晚的笛聲……

說完上述話語，女用牛車便駛遠了。

「你沒看到對方的臉？」

「沒有，對方在牛車內，我們隔著垂簾對話。」

「眞的沒看到？」

「嗯。」

「博雅，你剛剛不是說對方是美貌的婦人？」

「噢，那是……我私自認爲一定是美貌婦人。」

噢，我認為一定是美貌婦人。

「早講嘛。」

「總之，承蒙爲良大人的笛子，我才會有這種經歷。」

「可是……」

「以前，皇上不也曾陷入類似的苦境嗎？那時，你也幫皇上解圍了。」

「那男人是特例。萬一他死了，一些繁文縟節會忙死我的。」

「喂，晴明！我以前就說過了，不能稱呼皇上爲『那男人』。」

「別氣，博雅，再說，那時，對方是已逝之人呀。」

「你是說，這回不是死人……」

「沒錯。而且這回若要保全爲良大人的性命，女方的性命很可能不保。」

「爲什麼？」

「因爲女方想成爲鬼。她大概認爲，既然活著時心願無法達成，不如死後遂願。果眞如此，事情會變得更棘手。對我來說，爲良大人的性命與德子小姐的性命，都一樣是性命。」

「一旦移情別戀，人心很難回頭。雖然是很悲哀的事，但能否讓德子小姐理解這一點……」

「大概不行吧。」

「不行嗎？」

「當事者應該也深知這道理吧。幾天、幾十天、幾個月，每天每夜，她一定都想盡辦法說服自己。可是，還是無法接受。正因無法接受，才想成爲鬼。」

「唔。」

「而且呀，博雅，如果這只是當事者之間的誤會，只要消除誤會就可以解決問題。可事實不然。」

「結果會怎樣？」

「救不了。因爲鬼已棲宿在當事者的內心。就算驅除了鬼，最後恐怕還必須驅除當事者本身，才能解決問題。所以，我辦不到。」

「辦不到嗎？」

「如果這是得失問題，我們可以用利害關係說服她。若執迷不悟，讓她了卻心願也就罷了，可她的心願是爲良大人的死……」

「走。」「走。」事情就這樣決定了。

「原來如此……」
「別一副那麼哀傷的表情。」
「嗯。」
「總之，走吧。最起碼，今晚可以抵擋一下。」
「你願意去？」
「嗯。」
「不過，今晚……」
「先派人到爲良大人宅邸，請他們準備大量茅草。」
「茅草？」
茅草，也就是稻草。
「對付偶人就要用偶人。用稻草做個爲良大人的偶人，再讓德子小姐以爲草人就是眞人。不過，博雅啊，要是這樣便能解決一切問題就好了……」
「唔，嗯。」
「走吧。」

「嗯。」

「走。」

「走。」

事情就這樣決定了。

三

博雅屏氣斂息躲在黑暗中。

徐徐將黑暗吸進肺內，再徐徐吐出。

重複同樣動作似乎會導致呼吸困難，因而，偶爾會深深吸進一大口氣。

這是藤原爲良宅邸內，爲良的房間。

房間裡邊的牆上，倚坐著一具與人等身大的稻草人。

稻草人腹部貼著白紙。

紙上用墨汁寫著：

「藤原爲良」。

而爲良本人則在稻草人的另一邊——也就是爲良偶人所倚牆面的另一側、隔壁房間裡。

爲良穿著晴明寫上咒語的白衣，正低聲誦唸咒語。

「謹上再拜開天闢地之神，伊奘諾伊奘冉之尊，於天上磐石，男女兩神交合，結爲夫婦，傳示陰陽之道於世。爲何不阻魍魎鬼神，非讓予死於非命？奉請大小神祇、諸佛菩薩、明王部、天童部、九曜七星、二十八宿……」

聲音低沉且細微，從隔壁房間傳過來。

稻草人前有三層高架子，上面豎立著染成青、黃、紅、白、黑五色的驅邪幡⑨。

房內燈火只有一盞，是燭盤上點著的一枝蠟燭，擱在地板角落豎立著屏風，博雅與晴明躲在屏風後靜待。

「晴明，她真的會來嗎？」

博雅低聲問。

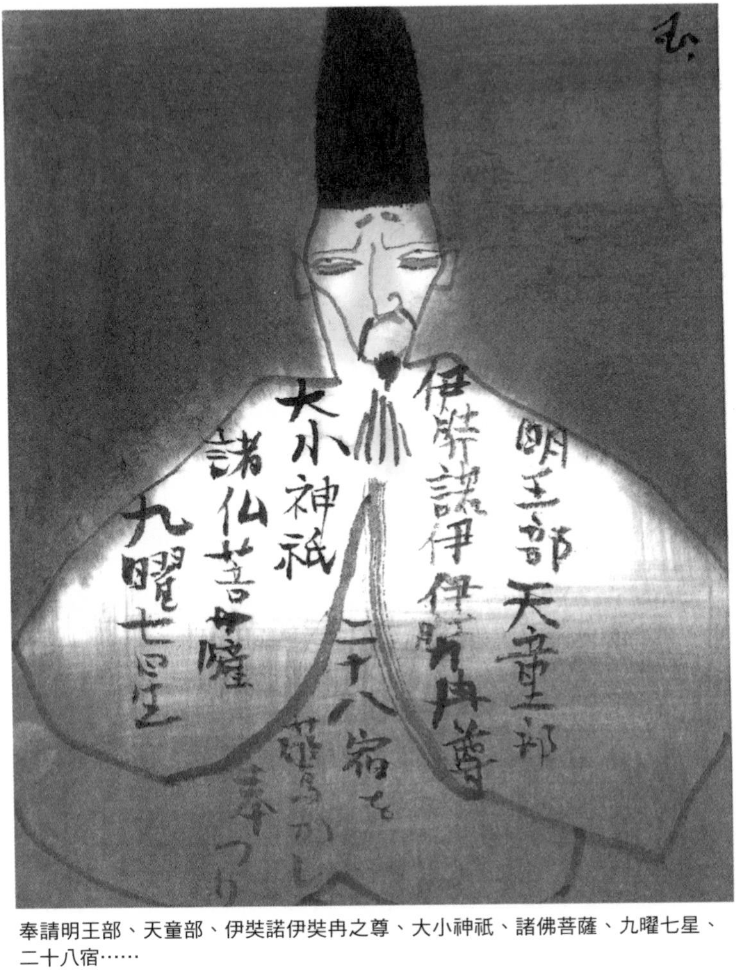

奉請明王部、天童部、伊奘諾伊奘冉之尊、大小神祇、諸佛菩薩、九曜七星、二十八宿……

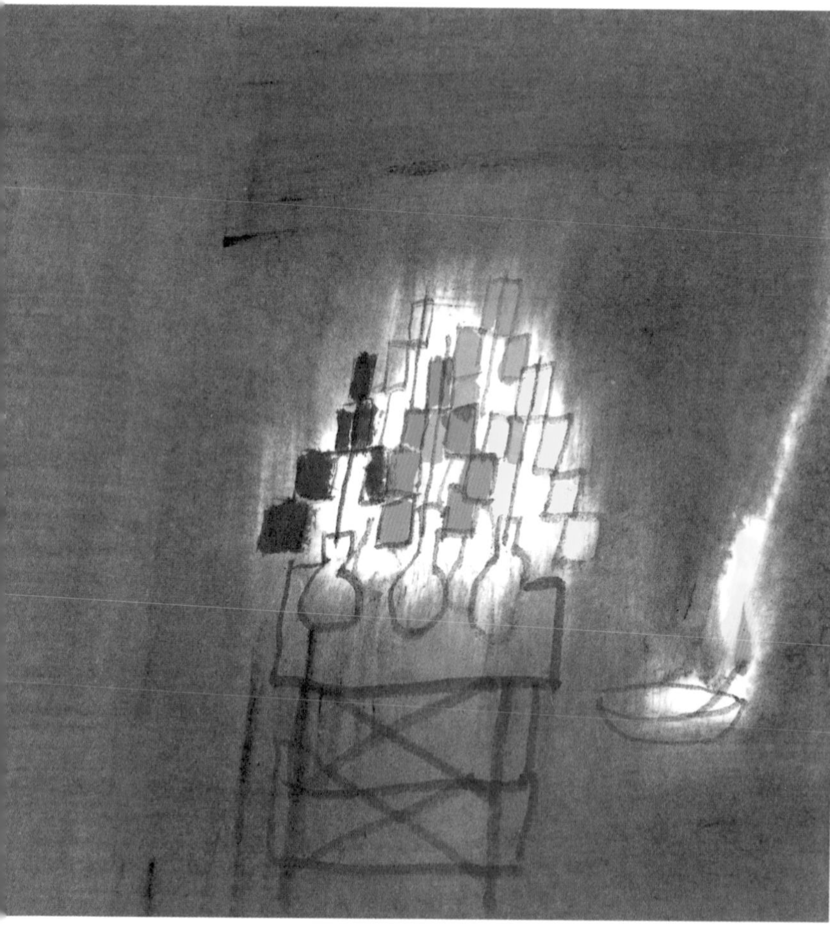

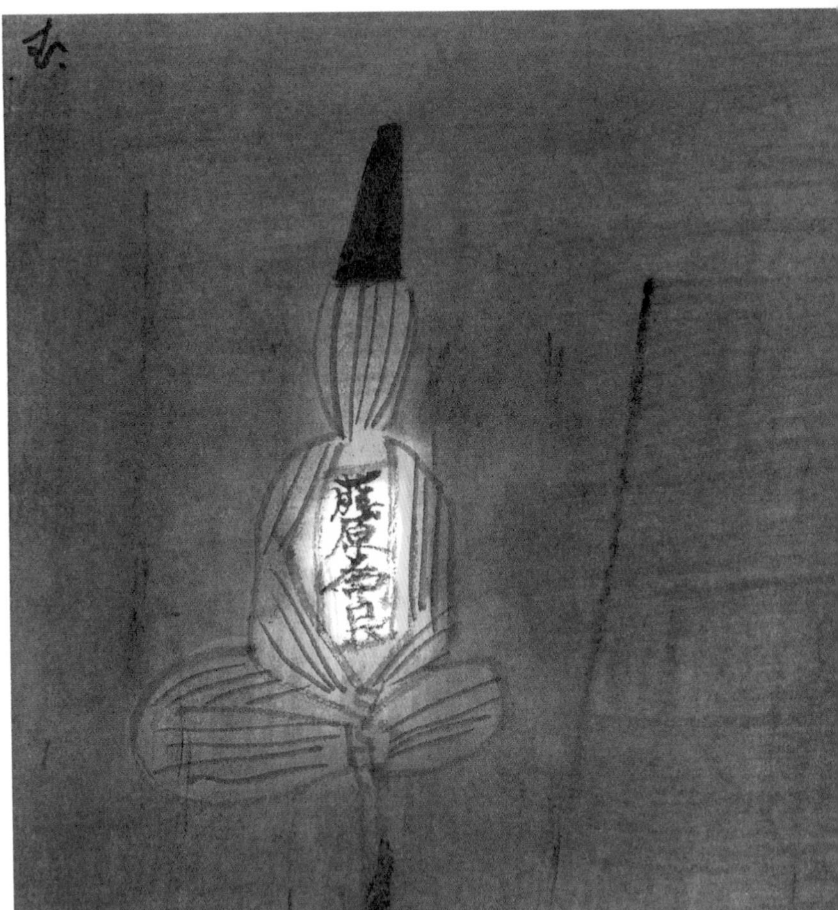

「到丑時便知道了。」

「還有多久？」

「不到半個時辰吧。」

「可是，那個稻草人眞的能騙過那女人嗎？」

「稻草人裡，有爲良大人的頭髮和指甲，以及沾有爲良大人鮮血的布。」

「這樣就沒問題了？」

「爲良大人在隔壁房間，而且，宅邸內的僕役都回避了。德子小姐應該不會迷路而直接到這兒吧。」

「那我們怎辦呢？」

「德子小姐看不到我們。我在屛風四周設了結界。」

「原來如此。」

「不過，德子小姐來了後，在我示意之前，你絕對不能出聲。」

「明白了。」

博雅點頭，再度呼吸起黑暗。

不久，約半個時辰過後，聲音響起。

咯吱。

是這樣的聲音。

那是有某重物在走廊上，使木板下沉，木板與木板接觸時所發出的咯吱聲。

應該不是貓。

也不是狗或老鼠。

除非是人的體重，否則木板不會發出那種聲響。

咯吱。

咯吱。

聲音逐漸挨近。

走廊出現搖晃的燈影。

人影緩緩步入房間。

是女人——

那女人長長的黑髮倒豎在頭上。

面塗丹粉，身裹紅衣。

頭戴三腳鐵環，鐵環腳朝上，各綁著點燃的蠟燭。

燭光映照出女人的五官。

那是張令人駭然的臉。

步入房間後，女人頓住腳步，嘴角浮出喜悅笑容。

脣間露出白齒，嘴角左右上揚，使得嘴脣表面噗茲、噗茲地裂開，滲出滴滴血珠。

「啊呀，太高興了！原來您在這裡！」

女人看到稻草人，往前挨近。

博雅吞下一口唾液。

女人左手握著五寸鐵釘，右手則拿著鐵鎚。

「唉，久違後再見到您，實在既愛又恨呀……」

女人的頭髮更加高高豎起，彷彿在表達女人內心的激動。豎起的頭髮觸及綁在鐵環腳上的蠟燭，發出小小青色火焰，縮成一團燒焦了。

房間裡充滿頭髮燒焦的味道。

冷不防，女人抱住了稻草人。

「難道您的雙脣，不肯再吸吮我的嘴脣了？」

女人將自己的嘴脣貼到稻草人臉部相當於嘴巴之處，用力吸吮，再用皓齒緊緊啃咬稻草人的嘴巴部分。

女人鬆開稻草人，掀起前方衣襬，張開白皙雙腿。

「難道您不肯再疼愛我這裡了嗎？」

她再蹲下來，雙手扶地，像狗一般爬到稻草人面前，用牙齒沙沙啃咬草人兩腿間的稻草。

再度站起身後，女人開始起舞般地扭動身子。

失戀人沉入川中
蟬蛻為水底青鬼
吾似急流中螢火
魂消氣泄留餘燼
頭戴三腳鐵環火

啊呀，太高興了！啊呀，既愛又恨呀……

焰焰燃燒赤女鬼
輕偎低傍枕邊人
情郎情郎久違矣

每當女人忿恨地咬牙切齒，她的頭髮便會左右搖晃，繼而燃燒起來。

回想同衾共枕時
指天誓日不相負
八千山茶千歲松
海枯石爛情永駐
為何喜新亦厭舊
此情此恨何時已

「戀慕您的人是我。沒人命令我這樣做。就算您移情別戀，我的愛戀仍不曾稍減……」

君何以始亂終棄、君何以始亂終棄。

女人流著淚說。

「當初不知您會有貳心，與您結下姻緣，我很清楚，如今的悔恨，都是我自己的錯……」

君何以始亂終棄
君何以始亂終棄

「我還是思念您呀！愈思念愈痛苦，愈思念愈痛苦……」

終日以淚洗面
滴滴千仇萬恨

「也難怪我積怨如此，成爲執迷不悟的鬼……」

把你的命給我吧

「把你的命給我吧！」

一把抓新歡毛髮
揮舞長鞭笞續弦
浮生若夢亦若幻
不用遙遙待來世
今生讓妳嘗因果
悔不當初奪人愛
奪人所好必自斃

「明白了吧！」

一喊完，女人便像蜘蛛般跳到稻草人身上，將鐵釘擱在稻草人額頭，右手握著鐵鎚，用力敲打下去。

「噗」的一聲。

鐵釘深深插入稻草人額頭。

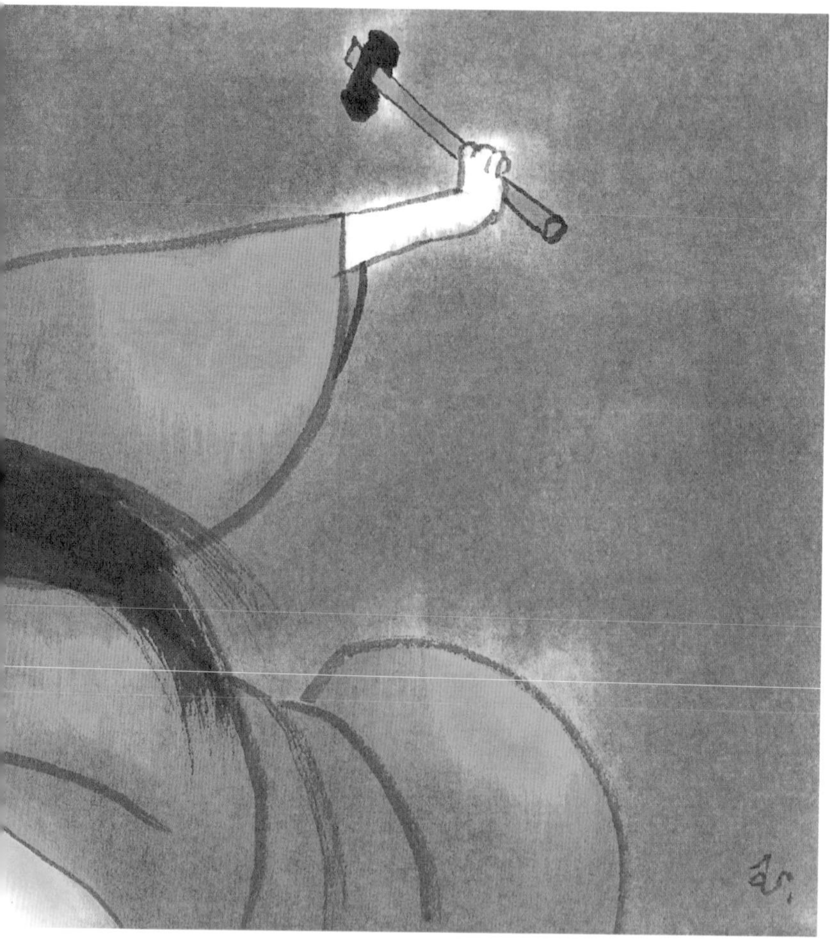

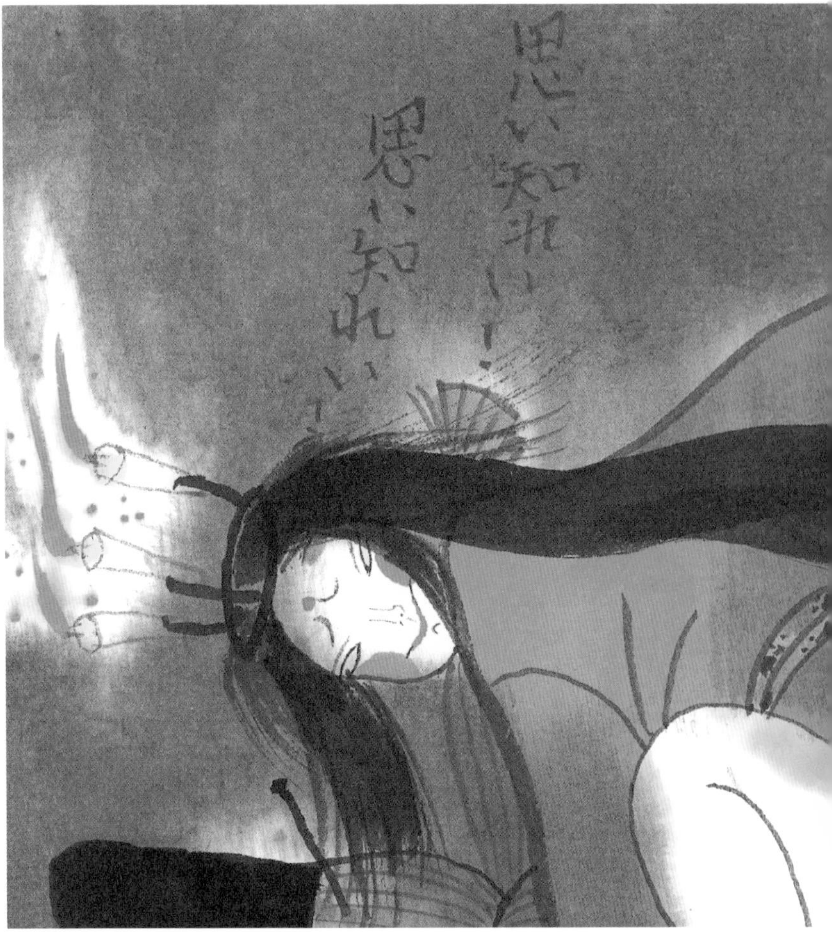

明白了吧！明白了吧！

「明白了吧！」

「明白了吧！」

女人邊喊邊瘋狂地再三搥打鐵釘。

長髮搖晃，與鐵環上的燭火一接觸，便哧、哧地發出青白火光。

「唔、唔。」

博雅情不自禁低叫出聲。

女人停下動作。問：

「是誰在這兒？」

聲音失去了凶狠之氣。

恢復爲普通女人的聲音。

她環視四周，最後，視線停頓在稻草人身上。

「噢……」

女人叫出聲。

「這不是爲良大人，是稻草人吧？」

語畢，左右微微搖晃著頭。

博雅和晴明從屏風後走出來。
「噢，你們是……」
女人看了一眼博雅與晴明，再望向三層高架子與五色驅邪幡。
「是陰陽師？」
「沒錯。」
晴明點頭。
「博雅大人——」
女人望向晴明身後的博雅，大叫出來：
「您看到了？」
接著又問：
「您看到我剛剛的樣子了？看到我那可恥的樣子了……」
女人彷彿如醉方醒，看著自己的打扮。
紅色衣裾不整，幾乎露出大腿根。
面塗丹粉。
頭戴鐵環——

噢，不甘心呀……

「啊呀，太丟人了，這麼可恥的我……」

女人丟下鐵鎚，再從頭上卸下鐵環拋掉。

鐵環發出沉重聲音落在地板。

兩枝蠟燭熄滅了，剩下一枝還在燃燒。

「噢，噢，這眞是……這眞是……」

女人雙手掩面，左右甩頭。

長髮纏在女人脖子上，隨即又鬆開，鬆開後又纏上。

頭髮中好像出現了某物。

兩個類似肉瘤的東西。

是角。

鹿角新生時，外面還包裹著一層相當柔軟的皮囊。

女人頭部正長出兩枝類似這樣的角。

角穿破頭皮，逐漸增大。

成長速度非常快，快得好像會發出嘎吱聲。

頭上流出鮮血，從髮間流至額頭。

「噢，不甘心呀……」

女人挪開蒙在臉上的雙手。

她的臉——

眼眶裂開了。

裂開的眼角流下鮮血，眼球往前凸出。

鼻子塌陷，獠牙穿破嘴脣伸了出來。嘴脣裂痕溢出鮮血，流至下巴。

「博雅，是『生成』⑩！」

晴明說。

生成——因嫉妒而化爲鬼的女人稱爲般若⑪；在完全化爲鬼之前，亦即還未成熟的階段，便是「生成」。

是人，亦非人。

是鬼，亦非鬼。

女人正是化爲那樣的「生成」。

「不甘心呀，不甘心呀！」

化爲生成的女人，嘩地轉身往外跑出去。

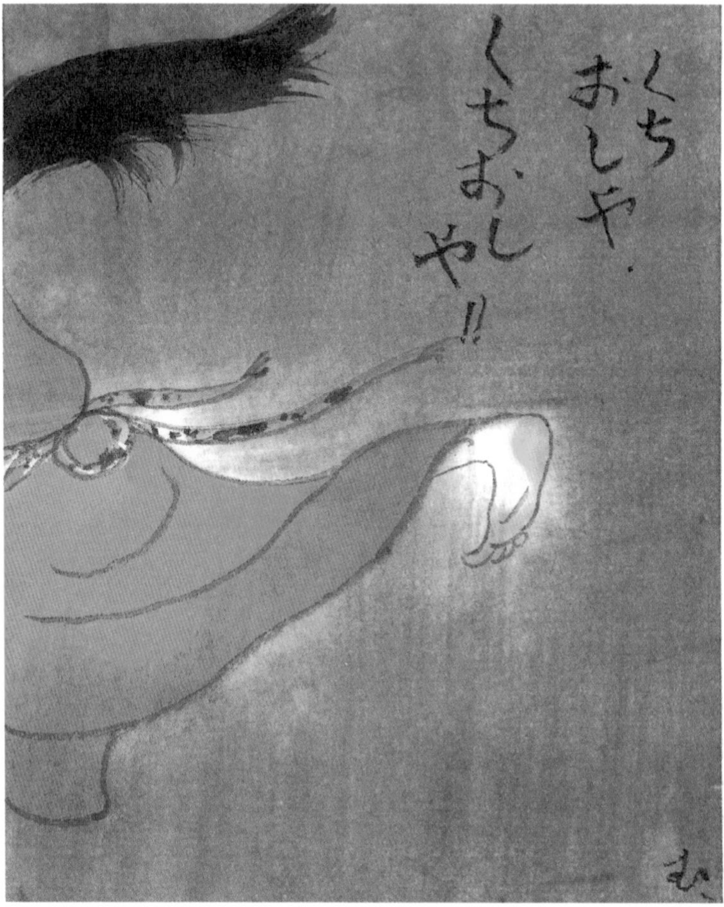

不甘心呀，不甘心呀！

「晴明！」

博雅大叫一聲，想追趕女人，但女人已失去蹤影。

「那女人，知道我的名字……」

博雅突然想起方才女人叫喚自己的事。

「喔，難怪我覺得好像聽過她的聲音，那聲音正是我在堀川旁遇見的女用牛車內那婦人的聲音呀。原來德子小姐就是那婦人……」

博雅茫然自失，呆立在原地。

然後，以求救的眼光望著晴明。

「啊，晴明，我做了什麼？我要求你做了什麼？我竟羞辱了那婦人，令她成爲眞正的鬼了……」

四

牛車有節奏地前進。

每當車輪輾在石子上，撞擊聲便會傳進牛車內。

離東邊天空發白還有一段時間。

拉曳牛車的是一頭大黑牛。黑牛前面，有白色東西翩翩飛舞在半空中。像蝴蝶，但說是蝴蝶又有點奇怪，它只有半邊翅膀。

只有左邊兩片翅膀——

右邊卻沒有翅膀。

即使如此，不知為何，那蝴蝶竟然還能在空中翩翩飛舞。

看似鳳蝶。

可為何鳳蝶會在夜晚飛舞？

在夜晚飛舞的應該是蛾，然而，現在飛在黑牛前的，卻是應該在陽光下飛舞的鳳蝶。

黑牛跟在鳳蝶後面前進。

看樣子，鳳蝶是晴明使喚的式神。

牛車內的博雅一直默默不語。他幾乎不開口說話。偶爾，晴明向他搭話，也只是短促回應一聲而已。

現在連晴明也不開口了，任憑博雅繼續沉默。

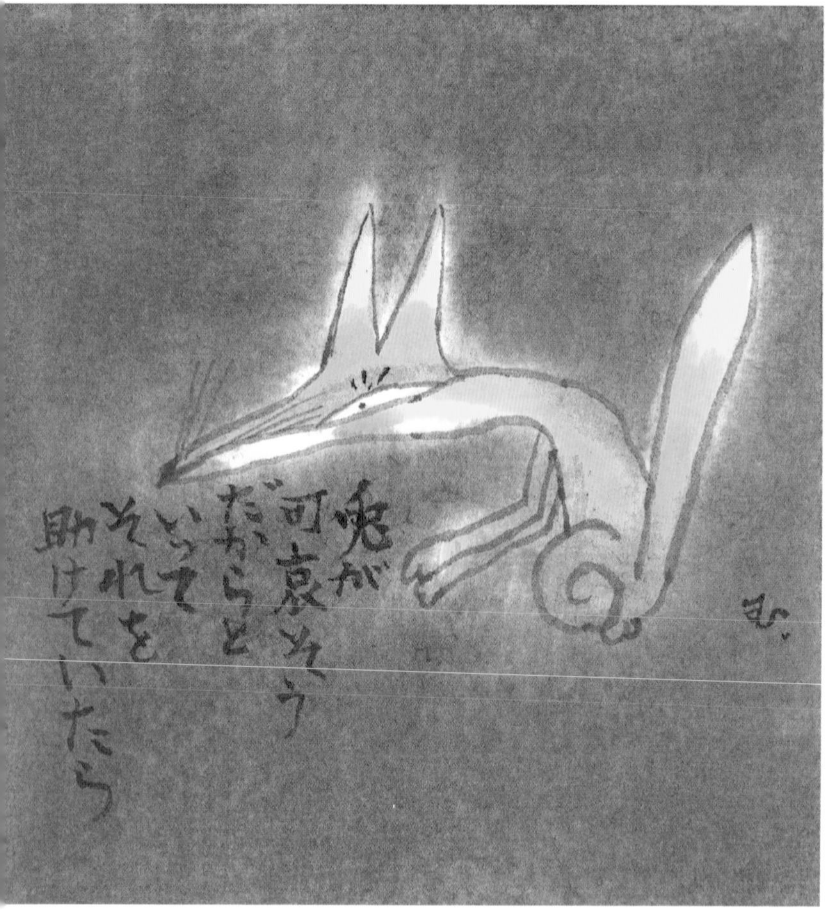
兎が
可哀そう
だからと
いって
それを
助けていたら

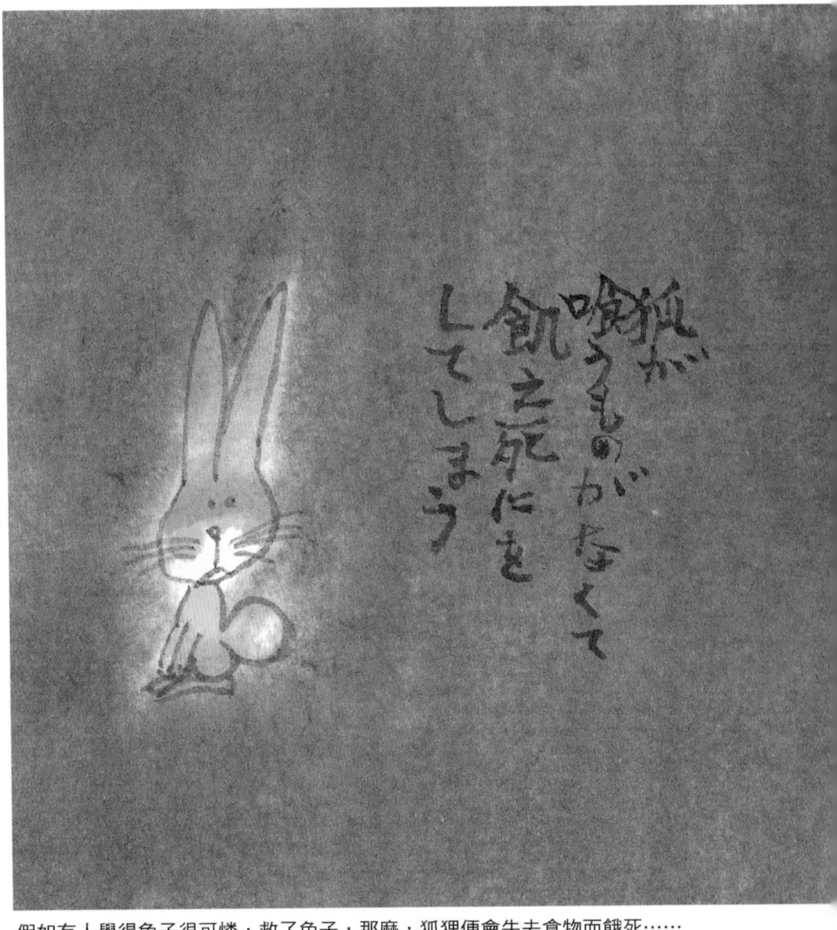
狐が
喰うものがなくて
飢え死にを
してしまう

假如有人覺得兔子很可憐，救了兔子，那麼，狐狸便會失去食物而餓死……

「晴明啊，事情眞的變成如你所說的了……」

博雅突然開口。

語調不勝感喟。

「什麼事？」

「德子小姐的事呀。原來，若是想守護一方，便必須捨棄另一方。我到現在才痛切理解這個道理。」

博雅的聲音無精打采。

「比如說，晴明，這兒有隻狐狸，對兔子虎視眈眈……」

「唔。」

「假如有人覺得兔子很可憐，救了兔子，那麼，狐狸便會失去食物而餓死……」

「唔。」

晴明只是短促點頭回應。

之前他任憑博雅沉默，看來現在也打算一如先前，任憑他說個痛快。

「我現在覺得，或許當初應該放手不管。要是我讓別人看到自己那種見不得人的模樣……」

「要是你的話，你會怎樣？」

「也許會不想活下去。」

「……」

「貴船明神那個啓示，或許眞是來自神明。」

「也許吧。」

「結果，雖說是生成，德子小姐畢竟化身爲鬼了。」

「那是她的心願。」

「不，就算她自己願意成爲鬼，但在她眞實的內心深處，一定覺得若是可以的話也不想變成鬼。」

「博雅啊，不只德子小姐，無論任何人，都會有盼望成爲惡鬼的時候。無論任何人，內心都棲宿著那樣的惡鬼。」

「我內心也有嗎？」

「嗯。」

「你內心也有嗎？」

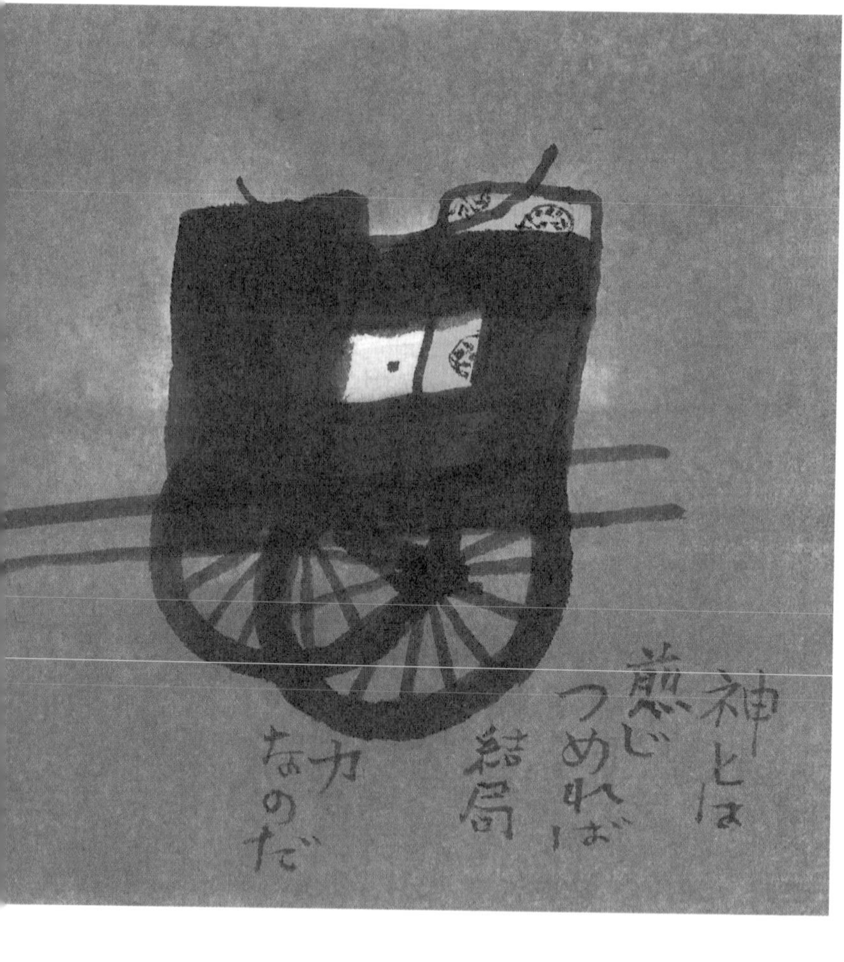
神とは
煎じつめれば
結局
力なのだ

所謂神明，歸根究柢，就是力量。

「有。」

聽晴明這麼一說，博雅沉默下來。

須臾才開口說：

「人，眞是悲哀呀。」

又歎了一口氣。

「不過，晴明，爲什麼貴船的神明會行使邪惡力量，讓人成爲惡鬼呢？」

「不，博雅，不是這樣，是人自己化爲惡鬼的。盼望化爲惡鬼的，是人，高龗神與闇龗神只是幫那人出了一點力而已。」

「可是……」

「好吧，博雅我問你，何謂神明？」

「神明？」

「所謂神明，歸根究柢，就是力量。」

「力量？」

「人們將那力量取名爲高龗神與闇龗神，換句話說，被施予這兩個

『咒』的力量，就是神明了。」
「……」
「貴船神社奉祀的，是水神吧？」
「嗯。」
「那，水是善，或是惡？」
「唔……」
「給稻田帶來雨水時，水是善。」
「唔。」
「可是，如果雨一直下個不停，造成水災，水就是惡吧？」
「唔，唔。」
「但，水本來就只是水而已，評斷其是善是惡的，是人類，水才會有善也有惡。」
「唔，唔，唔。」
「正因如此，貴船神明才會同時職司祈雨與止雨兩種力量。」
「唔。」

「鬼也是同樣道理。」

「你是說，鬼也是人所產出的？」

「沒錯。」

「晴明，你說的道理，我都很清楚……」

「博雅啊，我想，大概正因爲有鬼的存在，才有人的存在。」

「……」

「正因爲鬼棲宿於人心，人才會吟詠詩歌、彈琵琶、吹笛。如果鬼不存於人心，這人世大概會變得很乏味。再說……」

「再說什麼？」

「再說，如果鬼不存在，我這安倍晴明也不會存在。」

「你？」

「沒工作可做嘛。」

「可是，人和鬼之間不正是分也分不開嗎？」

「正是。」

「那，晴明，只要人存在，你便不會沒有工作可做吧？」

「嗯，大概是吧。」

晴明低聲回應，微微掀起眼前的垂簾，望了一眼牛車外。

「看牠飛的樣子，應該快到了。」

「飛的樣子？」

「蝴蝶。我讓那蝴蝶的另一半，停在德子小姐的肩頭。前面那半隻蝴蝶，正在追趕牠的另一半。」

晴明放下垂簾，望著博雅。

「很抱歉，晴明……」

「抱歉什麼？」

「你安慰了我很多事。」

「怎麼突然講這種話？」

「晴明啊，你眞是好漢子。」

博雅說出晴明經常用來形容他的話。

「你有病呀。」

晴明苦笑，不久，牛車停止。

應該在這兒。

五、

西京——

雜樹林中有一間茅舍。

角落四方豎立著柱子，再釘上木板當作牆壁。

是間屋頂只用茅草覆蓋的破屋。

夜露落在屋頂茅草與茅舍四周的雜草上，星星點點，閃爍著青色月光。

一隻只有半邊翅膀的白鳳蝶，在破屋入口附近翩翩飛舞。

兩人步下牛車。

「應該在這兒。」

晴明說。

「她竟然住在這種破屋……」

說到此，博雅便接不下話。

德子小姐！

博雅右手舉著燃燒的火把。

「請問……」

晴明叫喚著。

「有人在家嗎？」

沒有回應。

拂曉時分——

正是人們睡得最熟的時段。

連月亮都已西傾，大概不到半個時辰，東邊天空便會逐漸泛白。

突然——

黑暗中傳來鮮血味道。

「晴明。」

「嗯。」

晴明收回下巴地點頭。

隨即從博雅手中接過火把，說：

「進去吧。」

晴明走在前頭，緩慢地鑽進茅舍入口。

入口處有泥巴地，然後是簡陋的木板房；泥巴地上有水缸與爐灶。

地上還躺著一只鍋子。

女人仰躺在木板房內。

她已洗掉臉上丹粉，身上也換穿了白衣，但容貌仍是生成的模樣。

喉嚨插著一把短刀。

鮮血自喉嚨汩汩流至地板。

女人似乎用短刀刺進了自己的喉嚨。

「德子小姐……」

博雅奔上木板房，想扶起女人。

這時，女人突然睜大眼睛，抬起上半身，打算用牙齒咬住博雅喉嚨。

「博雅！」

晴明伸出手中的火把，擋在博雅與女人之間。

女人咬住燃燒的火把。

火星四濺，劈劈啪啪發出聲響。

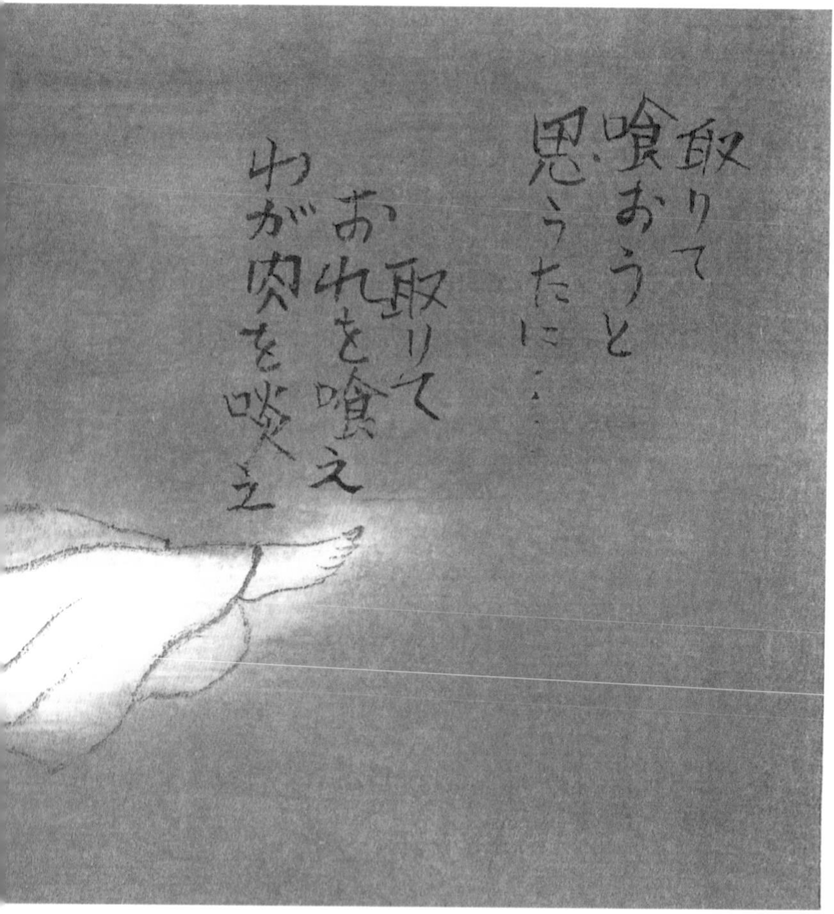
取りて
喰おうと
思うたに…
取りて
おれを喰え
わが肉を喰え

本來想咬住你再吃掉你……咬住我的喉嚨，吃吧，吃我的肉吧。

晴明想縮回火把，但女人卻緊緊咬住不肯鬆口。
女人的頭髮逐次燒焦，蜷縮成一團。
不久，女人鬆開火把，氣力耗盡似地仰躺下來。
「德子小姐……」
博雅抱起女人。
「本來想咬住你再吃掉你……」
女人口中滿溢鮮血，喉嚨發出呼呼聲，喃喃低道。
「吃吧。」
博雅把嘴湊到女人耳邊說：
「咬住我的喉嚨，吃吧，吃我的肉吧。」
他輕聲細語地說：
「對不起，對不起，是我叫晴明阻撓妳的計畫，是博雅我硬逼晴明插手管這件事，是我阻礙了妳。所以，盡情吃我的肉，盡情咬我的心臟吧！」
化爲生成的女人，左右搖頭：

「這樣的結果是我所願。」

女人說著，嘴脣發出青白火焰，搖搖晃晃地與話語一起燃燒。

「我本想活著化身爲鬼，沒想到無法如願，反而讓你們看到我那可恥的模樣。既然如此，我也無顏苟活，只好用短刀刺進自己喉嚨……」

「生成」女鬼奄奄一息地繼續說：

「就算變成這等模樣，怨恨還是沒有辦法、沒有辦法消除啊。事情到了這種地步，只有一死化爲眞正的鬼，死後再向爲良作祟……」

女人邊哭泣邊敘述。

「其實我也不想吃那男人的肉，可是，不這樣做，無法平復我內心瘋狂洶湧的感情呀。」

「到我這兒來。死後仍然無法消除怨恨的話，到我這兒來，來吃我吧。」

「博雅大人，您……」

「妳知道我的名字？」

「博雅大人，您剛剛不是親口說出自己的名字嗎？不過，我以前就聽過博雅大人的大名了，還有，笛子……」

「那天晚上，堀川旁的女用牛車是……」

「您認出來了？」

「聽到妳的聲音後，我才想起來。」

「那時我和爲良大人之間，感情仍很好。爲良大人曾借給您一枝笛子……」

「是的，我借了笛子……」

「爲良大人說過：德子呀，若想聽美妙笛聲，便夜晚到堀川旁……」

「……」

「爲良大人那時早就知道了，博雅大人每晚都會在堀川旁吹笛……」

「嗯，嗯。」

博雅連連點頭。

「那時，我眞的很幸福。好想回到那個時候，再度傾聽博雅大人的笛聲……」

女人眸中滿溢淚水。

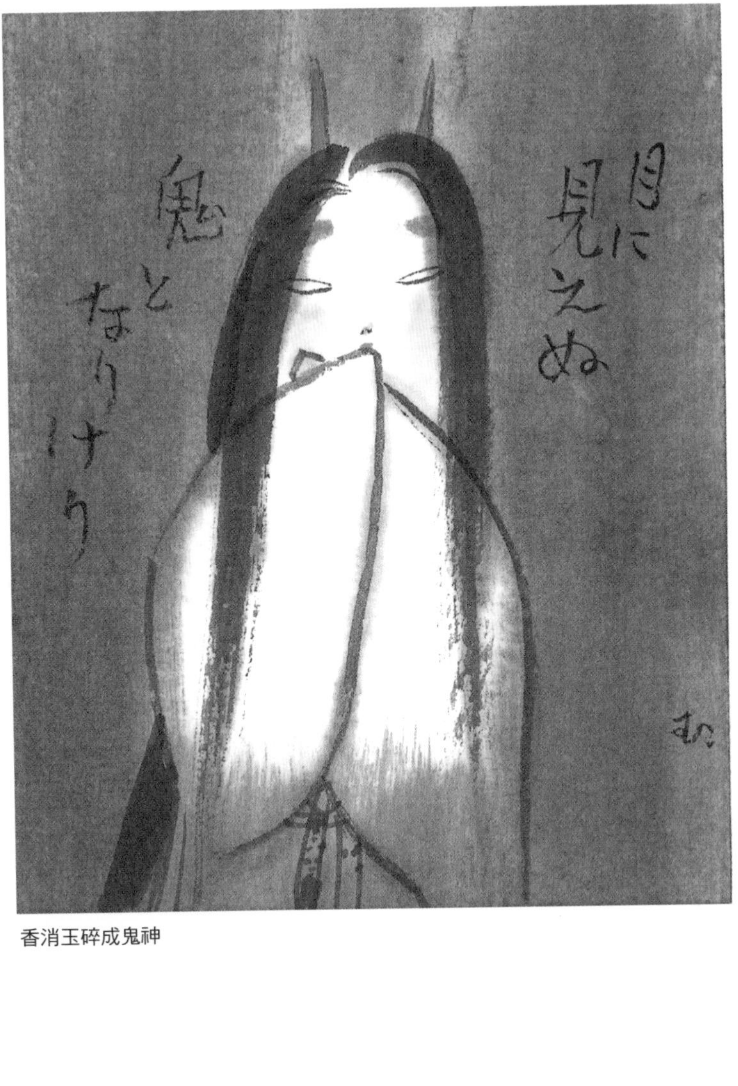

香消玉碎成鬼神

「當然可以！」

博雅說。

「當然可以。無論何時，我博雅都願意吹給妳聽。」

博雅又把嘴湊近女人耳邊這樣說。

「博雅大人，不要把頭太靠近我，不然，您的喉嚨……」

女人緊緊咬住牙根。

呼。

女人又恢復原本的五官。

「德子小姐，世上有這般無奈的事呀，還是有再怎麼哭泣、再怎麼痛苦、再怎麼思念、再怎麼戀慕，也無法挽回的心……」

「……」

「德子小姐，我無法幫妳任何忙，沒辦法爲妳做任何事。啊，這眞是……這眞是……我眞是無能又愚蠢的男人，我……」

博雅流下眼淚。

「不，不。」

德子左右搖頭。

「我知道，您說的一切我都知道。可就算知道一切，人還是有不得不變成鬼的時候呀。當這人世間再也找不到任何可以療癒憎恨與悲哀的方法時，人，除了化爲鬼，沒有其他方法可以解脫。」

「德子小姐……」

「博雅大人，我有個請求，在我死後變成鬼，想去吃那爲良的肉時，我會到博雅大人那兒去，到時，能不能請您爲我吹笛呢？」

「當然可以！無論何時都可以，無論何時！」

博雅應允之時，女人便垂下頭。

女人的身體在博雅懷抱中，突然沉重起來。

六、

誠如兩人的約定，那以後，「生成」女鬼每年都會出現幾次，於夜晚來到博雅身邊。

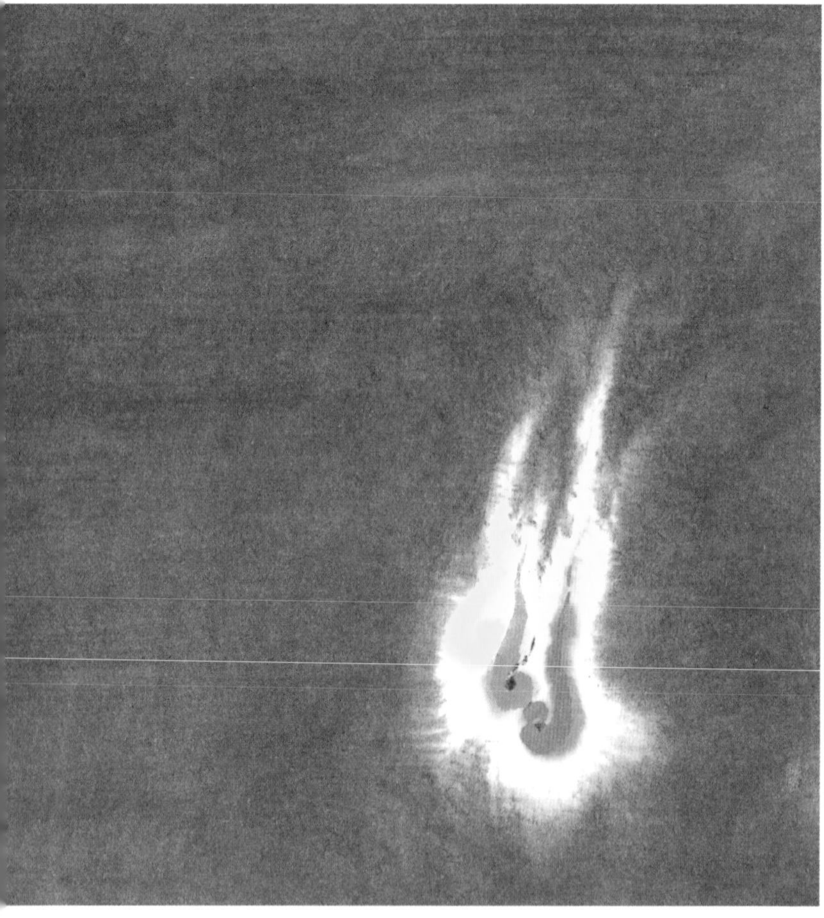

這時，博雅便吹笛給女人聽。

此外，每逢博雅於夜晚單獨吹笛時，「生成」女鬼也會出現。

每次出現，女鬼總是默默無言。

不是靜悄悄出現在房間角落，便是出現在屋外陰影處。每次總是傾耳靜聽笛聲，待博雅吹完，又會於不知不覺間消失蹤影。

聲容宛在耳邊縈
言猶在耳不見人
香消玉碎成鬼神
香消玉碎別人間

①原文是「鐵輪」（かなわ，kanawa），這篇故事內容大致依照日本能樂謠曲〈鐵輪〉進行。謠曲內容描述遭丈夫拋棄的妻子，因於心不甘而詛咒丈夫不得好死，最後丈夫請求晴明鎮邪。文中的歌詞，正是能樂謠曲〈鐵輪〉。

②原文為「桂」（かつら，katsura），別名「香木」，學名*Cercidiphyllum japonicum*。夏至秋採集其樹葉，乾燥後磨粉，可以製香粉。秋天時葉子會枯黃。

③原文為「栃」（とち，tochi），是「栃ノ木」（tochinoki）簡稱，學名*Aesculus turbinata*。

④男神伊奘諾尊（いざなぎのみこと，izanaginomikoto，伊邪那岐命）與女神伊奘冉尊（いざなみのみこと，izanaminomikoto，伊邪那美命）是夫妻，也是日本神話中的國土創造神。

⑤罔象女神（みずほのめのかみ，mizuhonomenokami）為日本民間的水神、井神。國常立神（くにとこたちのかみ，kunitokotachinokami）是國土形成之神，民間也有人稱之為雨龍王。玉依姬（たまよりびめ，tamayoribume）在日本神話中原是綿津見大神（海神）之女。天神七代地神五代，為日本國家發生的祖神。地主神則是宿住於當地的神。

⑥原文為「濡れ縁」（ぬれえん，nureen），為搭在落地窗外的長臺，離地約一階高，可坐在其上休憩。

⑦原文為「下野草」（しもつけそう，simotsukesou），多年草，高約六十公分至一公尺，六、七月開淡紅色小花。

⑧日本平安時代男女交際為「訪妻婚」。男方於夜晚探訪女方，天明離去，沒有法律約束，即使舉行過正式儀式也可以離婚，男方可隨時中止訪妻，一旦男方不再來訪，女方可另尋適當人選。

⑨原文為「幣」（へい，hei），一種供神用具，在細木上紮有細長的紙或布。

⑩生成（なまなり，namanari），一種能面。

⑪般若（はんにゃ，hannya），一種能面。

鐵輪戀鬼孔雀舞

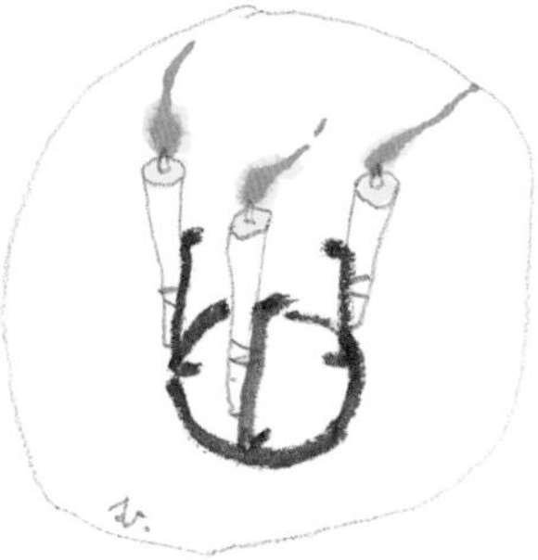

第22回創作舞蹈劇場公演　平成十七年六月二十三日～二十六日

於Le Theatre銀座

主辦者：（社）日本舞踊協會

舞劇「陰陽師」

鐵輪戀鬼孔雀舞

共二幕

角色表

安倍晴明…………陰陽師　博雅友人

源　博雅…………雅樂能手

蘆屋道滿…………陰陽法師

德子姬…………丑時參拜之女

生成鬼…………德子姬化成的鬼

綾子姬…………兼家的新歡

藤原兼家…………貴族　拋棄德子姬

安倍保名…………晴明之父

葛葉…………晴明之母　實爲狐狸

蜜蟲……………………晴明的式神
蜜夜……………………晴明的式神
蜜魚……………………晴明的式神
呑天……………………晴明的式神
暗妃……………………道滿的式神
赤鬼……………………道滿的式神
青牙……………………道滿的式神
海老……………………道滿的式神
眾妖怪…………………適當人數
兼家的隨從……………適當人數
德子姬的隨從…………適當人數
舞蹈的狐仙……………適當人數
第一幕之中「非鬼非人」主題舞者……適當人數
第二幕之中「駭人的咒」主題舞者……適當人數

第一幕　丑時參拜

第一場　「非鬼非人」

黑暗中，樂音緩緩響起，帷幕無聲無息地上升。
昏暗舞臺上，適當人數的舞蹈者，如風緩慢晃動。
身上穿著平安時代的衣裳，十二單衣——如唐衣之類。
「非鬼非人」之歌響起，舞蹈者也同時肅穆起舞。
主跳者是個女人。
那女人與男人（象徵德子姬和兼家），過著快樂日子。
然而，某天起，男人不再到女人家訪妻。
男人愛上其他年輕女子（綾子姬）。
痛苦呀。
怨恨呀。
女人終於開始憎恨男人。

走吧

走吧
去祈禱參拜
去見我的心上人

彈琵琶
羅城門
思念苦
朱雀門

丑寅方
丑三刻
付喪神

快了
快了
快化為鬼了

快了
快了
快化為鬼了
快化為鬼了

走吧
走吧
去祈禱參拜
去見我的心上人

彈古琴
紫宸殿
為愛亂
唐衣裳

龍笛

篳篥
黑沉香

快了
快了
快非人了
快了
快了
快非人了
快非人了

歌曲途中，德子姬邊舞邊出現。
因悲哀而苦悶不堪的德子姬。
苦悶——
苦悶——
曲身扭腰。

一副不知如何是好的樣子。

這時，身穿奇裝異服的蘆屋道滿出現。

道滿定睛凝望德子姬。

不久，德子姬也發現道滿——

「道滿大人，請您救救我，請您救我脫離這痛苦深淵。」

「救不了……」

道滿靜靜地左右搖頭。

「人，沒辦法救別人……」

德子趴在地上放聲大哭。

道滿凝望著德子。

道滿的表情也充滿悲哀。

不久，道滿溫柔地扶起女子。

「我可以讓妳化爲鬼。」

他在女子耳內注入這句如燙熱甘蜜的話語。

「化爲鬼？」

德子驚愕。

「妳只要化爲鬼就好。」

彷彿有人在耳邊低聲說些甜言蜜語，德子的表情變得甘美。

德子緩緩地，點頭般地起舞。

配合德子的動作，道滿也起舞。

道滿和德子一起翩翩起舞。

歌舞結束，舞臺轉暗。

第二場　貴船之森

夜晚的杉樹森林。

上空適當處掛著月亮。

適當場所有鳥居等物。

舞臺左側有一棵特別高大的杉樹。

樹幹上有好幾個用釘子釘上的稻草偶人。

令人毛骨悚然的光景。

舞臺後方一半高出一臺階。

這是兼家和綾子姬每次幽會時用的臥榻舞臺裝置。

實際上是在其他更遠的地方，但在戲劇空間中，是個能讓觀眾同時看到貴船之森與臥榻的設計。

臥榻掛著垂簾。

兼家和綾子姬在垂簾內睡覺。

樂聲與歌聲響起。

日復一日病相思
日復一日病相思
來去參拜貴船宮

歌聲結束之前，身穿白衣的女子（德子姬），自舞臺右側緩緩出現。

心思卻不知飄到哪裡去。
懷中露出木槌和稻草偶人。
熟睡中的兼家也同時痛苦地扭動起身子。

若說蜘蛛之細絲
真能夠繫住悍駒
蜘蛛亦潔身自愛
貳心之男不委身
果然人心隔肚皮
一失足成千古恨
只恨自己瞎了眼

德子在舞臺中央起舞。
邊舞邊時而做出氣憤地望向睡鋪的動作。
兼家益發痛苦地扭動身子，最後終於起身。
舞臺四處接二連三出現妖怪。

各式各樣的妖怪邊舞邊圍攏到臥榻邊。
綾子姬也起身。
「兼家大人，您怎麼了？」
她打算讓兼家清醒過來，但兼家只呈現痛苦的樣子。
兼家和綾子姬看不見四周的眾妖怪。

有苦難言無處訴
八千里路貴船宮
但求在有生之年
誅負心人食後果
快呀快呀快走呀
心如貴船川流水

歌聲結束之前，眾妖怪拉毀垂簾，闖進臥榻，邊舞邊盡情愚弄兼家和綾子姬。
在此的設定是兼家和綾子自始至終都看不見妖怪。

每夜走熟了的路
每夜走熟了的路
糾河原御菩薩池
輕車熟路鞍馬道
飄零身世心已死
風燭草露若吾身
市原野地草叢深
鞍馬川月黑風高
穿越橋面是彼岸
終於抵達貴船宮
終於抵達貴船宮

歌聲結束之前，德子姬自懷中取出木槌和稻草偶人，插上鐵釘，將偶人釘在舞臺左側的杉樹樹幹上。

每次用木槌敲打一下，兼家便痛苦扭身。

舞蹈、痛苦，劇情進行至最高潮，德子姬發狂似地繼續敲打稻草偶人上的鐵釘。

突然……

笛聲響起。

音色美妙。

眾妖怪的動作慢了下來。

德子姬也停止敲打木槌的動作。

源博雅吹著笛子自花道①緩緩出現。

博雅登上舞臺。

宛如溶化於笛聲中，妖怪一個接一個消失。

德子姬看到博雅，把木槌藏入懷中。

博雅發現德子姬。

這時，妖怪已全消失。

兼家也總算停止了痛苦掙扎。

照亮臥榻的燈光熄滅，舞臺上只剩博雅和德子姬兩人。

博雅停止吹笛，和德子姬彼此凝望。

博雅一副對德子姬一見鍾情的模樣。

受月光誘惑
來到貴船川
受月光誘惑
來到貴船川

博雅走向德子姬。

來了一看
此神社內
竟有高貴一麗人

待博雅挨近，德子姬別開臉，不想讓博雅看到自己的臉。
而博雅卻想看。
德子姬背轉過身。
博雅伸出一隻手打算觸摸德子姬。

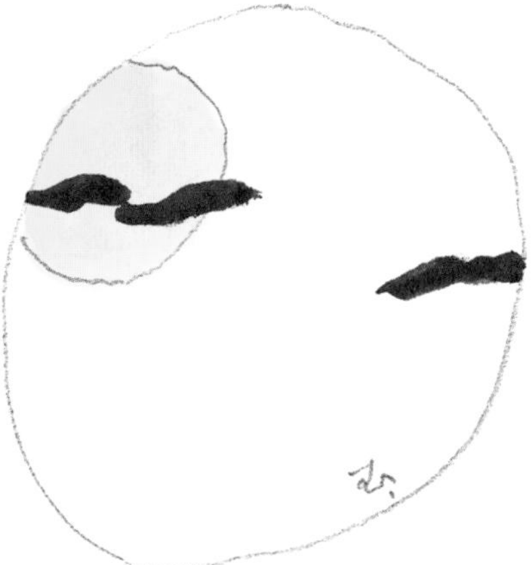

德子姬甩開博雅的手奔去。
單獨一人留在原地的博雅，依依不捨地望向德子姬消失的方向。
博雅突然發現杉樹幹上的稻草偶人，大吃一驚。
竟是多得數不盡的偶人。
道滿在遠方望著吃驚的博雅。

第三場　羅城門

夜晚的羅城門。
博雅在舞臺右側吹笛。
舞臺左側停著一輛牛車。
牛車四周站著幾個隨從。
牛車垂簾微微掀起，裡面隱約可見德子姬臉龐。
德子姬一副側耳凝神傾聽笛聲的模樣。
之後，垂簾又落下。
不久牛車消失於舞臺左側。

博雅看似察覺某事地望向舞臺左側。
牛車已消失。

第四場　一條戻橋

夜晚的戻橋。
博雅在橋畔吹笛。
柳葉在博雅頭上搖曳。
牛車來到舞臺左側停止。
垂簾掀起，裡面可見德子姬。
德子姬一副傾聽博雅笛聲的模樣。
博雅發現了。
他挨近牛車。
垂簾又落下。

請別靠近我們

這位宗姬

不是一般宗姬

德子姬的隨從不讓博雅挨近。
一陣爭論。
垂簾掀起，瞬間，博雅看到德子姬的臉龐。
兩人互相凝望。
垂簾立即又落下。
牛車離去。
原地只剩博雅。

道滿在隱蔽處觀看此光景。

第五場　葉二

夜晚……

博雅坐在宅邸窄廊上吹笛（葉二）。

突然——

出現一陣妖風和烏雲。

道滿的式神暗妃、赤鬼、青牙、海老，邊舞邊自黑暗中出現。

博雅雖看不見這些式神，卻可以察覺妖異動靜。

吹起一陣烈風。

博雅停止吹笛，仰望上空。

式神之一搶走博雅手中的葉二。

博雅追著冷不防浮至半空（在博雅看來是如此）的笛子。

然而，葉二依次轉交給各個式神，最後飄向花道。

道滿自花道洞穴②出現，自式神手中接過葉二。

道滿滿足地點頭。

這笛子的存在會讓德子姬的心恢復人性的情感，因此道滿才奪走笛子。

「這樣就沒了阻礙，可以速速化爲鬼。」

第六場　貴船社

失戀人沉賀茂川
蟬蛻為水底青鬼
吾似急流中螢火

歌聲結束之前，德子姬自舞臺右側悲傷地邊舞邊出現。

君何以始亂終棄
君何以始亂終棄
終日憂思沉淚海
恨那人
怨丈夫
有時思戀
復又憎恨

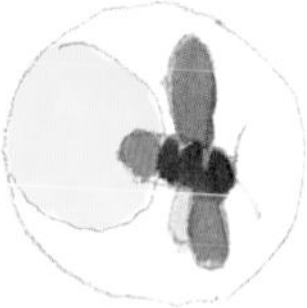

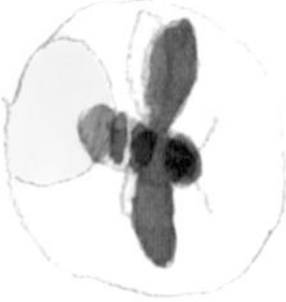

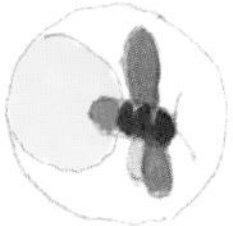

日日夜夜忘不了
因果報應在此刻
欲將消融如白雪
君命斷送在今宵　可憐呀

德子姬做出祈禱動作。
道滿自杉樹後出現。
以下歌曲是道滿的臺詞。

身穿紅衣
臉塗丹粉
髮戴鐵環
三腳點火
怒氣攻心
如此即能成為鬼神

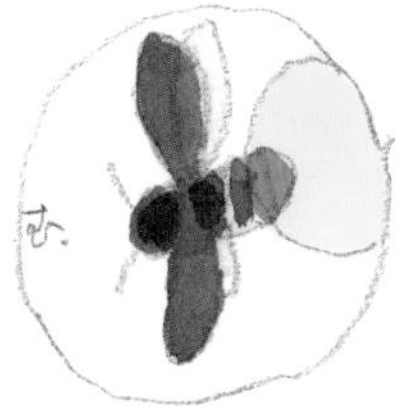

哎呀感謝神恩
降啓示

德子姬高興地起舞，消失在一棵杉樹後。

語聲未畢容先變
語聲未畢容先變

化爲生成鬼的德子姬於事前在杉樹後等待，與剛才的德子姬調換。

德子姬身穿紅衣、頭上戴著點火的鐵環（由與剛才的德子姬不同的舞者擔任），自樹後出現。

臉上勾著生成鬼臉譜。

本是有女顏如玉
搖身一變夜叉婦

綠髮倒豎半空中
天上湧現黑雲朵
暴風疾雨雷聲響
鴛侶竟破鏡分釵
新仇舊恨化厲鬼
讓他知曉離恨天
讓他知曉離恨天

化爲生成的德子姬邊舞邊消失於舞臺右側。

觀看此光景的道滿，脣角浮出看似充滿悲哀的笑容，說服自己般地點頭。

第七場　兼家臥榻

綾子姬和恐懼不安的兼家坐在臥榻上。

四周，

撲，

撲，

亮起妖異燈火。

妖怪一個接一個出現起舞。

其中，在適當場所讓化爲生成鬼的德子姬自舞臺下升起。

回想同衾共枕時
指天誓日不相負
八千山茶千歲松
海枯石爛情永駐
為何喜新亦厭舊
此情此恨何時已

妖怪數逐漸增多。

德子姬與群怪一同挨近臥榻。

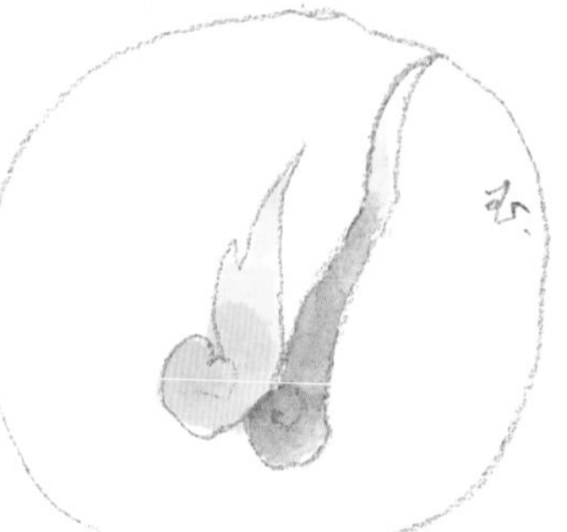

頭戴三腳鐵環火
焰焰燃燒赤女鬼
輕偎低傍枕邊人

兼家和綾子姬都看得見這位生成鬼。
兩人看到挨近的生成德子姬，大吃一驚。

情郎、情郎
久違矣

生成鬼接二連三地拉倒臥榻四周的垂簾和布簾，逐漸挨近兩人。

把你的命給我吧
把你的命給我吧

德子姬追趕逃開的兩人，先自後方猛力抓住綾子姬頸後。

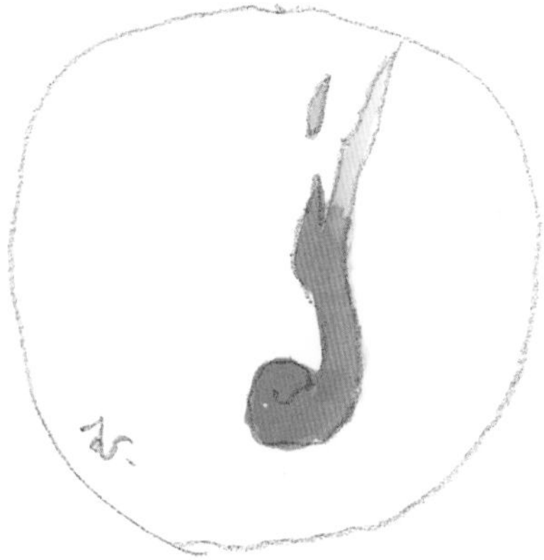

一把抓新歡毛髮
揮舞長鞭笞續弦
浮生若夢亦若幻
不用遙遙待來世
今生讓妳嘗因果
悔不當初奪人愛
奪人所好必自斃

兼家連滾帶爬地倉皇逃走。
歌聲結束之前，生成鬼擰下綾子姬的頭顱，握著頭髮高高舉起。
生成鬼哈哈大笑，喜不自禁地起舞。
舞臺上轉暗。

第二幕　咒法對決

第一場　葛葉恨

舞臺緩緩變亮。
但不至於全亮。
中央比四周亮一點，有扇格子紙窗，聚光燈照向紙窗前。
安倍童子（孩提時代的晴明）躺在聚光燈光圈中熟睡。
葛葉坐在一旁凝望童子。
表情陷於沉思，樂音響起。

　哎呀真羞人　哎呀真可恥
　歲月也無法隱瞞
　竟然露出真面目
　妻與子緣分已盡

葛葉邊緩緩站起邊起舞。

欲對你父説分明
又怕四目相對時
不敢抬臉訴身世
你睡夢中聽仔細
醒來説與你父聽

吾身其實不是人
六年前在信田森
遭惡右衛門捕獵
本應一命嗚呼哉
承蒙保名大人救
才有再度花開日
吾身是
蘭與菊
近千年

狐妖矣

歌聲結束之前，舞臺四處出現狐狸。

跟隨左右服侍時
萌生男女戀慕心
海誓山盟成夫婦
愚痴畜牲三千界
情深更勝人百倍

歌聲結束之前，父親保名自舞臺右側出現，大吃一驚。
不知何時，葛葉四周圍繞著狐狸。
保名想挨近葛葉，卻無法挨近。
因爲狐狸阻擾。
童子（晴明）醒來，望著葛葉。
葛葉也望著童子。

葛葉以哀傷眼神凝望晴明，卻依舊被狐狸圍繞著，邊舞邊朝花道方向離去。

保名和童子想追趕。

只是因狐狸阻擾，無法追趕。

思念吾時來見尋
和泉國③
信田森
葛葉恨

歌聲結束之前，葛葉、狐狸均消失蹤影。

母親不在
母親不在

童子拔腿飛奔追趕葛葉。

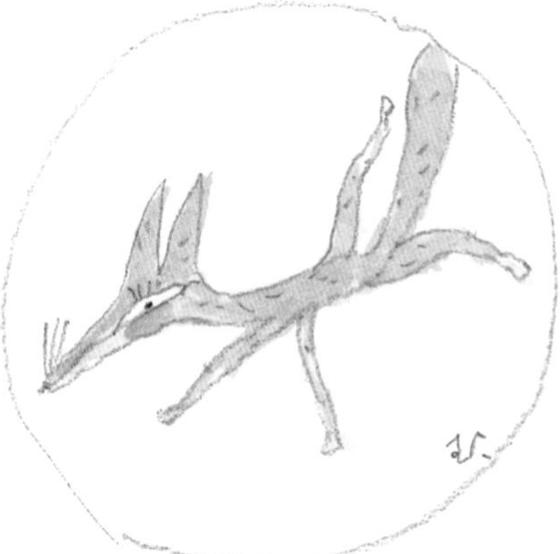

保名在後追趕童子。

兩人消失於舞臺左側。

舞臺中央降下格子紙窗大天幕。

上面寫著「思念吾時……」的歌詞。

因亮光自天幕後朝觀眾席照射，格子紙窗發出白光。

母親不在

母親不在

格子紙窗大天幕上出現另一個小小的格子紙窗剪影，影子逐漸增大。

像是朝觀眾席奔來的樣子。

影子愈來愈大……

格子紙窗中央（有缺口之處）出現長大成人的安倍晴明。

隔一會兒，又出現源博雅。

走
走
兩人相互如是說
安倍晴明
源博雅
抵達被鬼索命的
兼家宅邸
兼家宅邸

第二場　兼家宅邸

中午。
在兼家宅邸，晴明與博雅和兼家相對而坐。
庭院有棵櫻花盛開的大樹。
兼家拚命懇求晴明。

請您務必　請您務必

護我周全

不讓鬼纏身

晴明點頭。

您的內情

我已明白

晴明起身，做個手勢，晴明的式神蜜蟲、蜜夜、蜜魚、吞天（龜精）抬著一個大稻草人出現。

眾式神把稻草人擱在適當場所。

事已至此

無論如何也要

將您性命移轉至
等身稻草人之身
內部藏有您姓名
三疊棚　五色幣④

唱此歌詞時，眾式神在晴明的指導下，準備高棚和驅邪幡。

各色供品齊奉上

準備完畢，晴明挨近兼家……

隱祕之術已備齊
雖然鬼看不見您
但求您千萬不要
發出任何聲或音
發出任何聲或音

第三場　生成姬

舞臺上很暗。

音樂徐徐響起——

夫春花隨斜拂暖風開
同樣隨著暮春風凋謝
月亮現身出東山
又快速隱於西嶺
正如人生之無常
因果如車輪轉動
讓吾憂愁之人呀
應該立即得報應

化為生成的德子姬從花道洞穴出現。

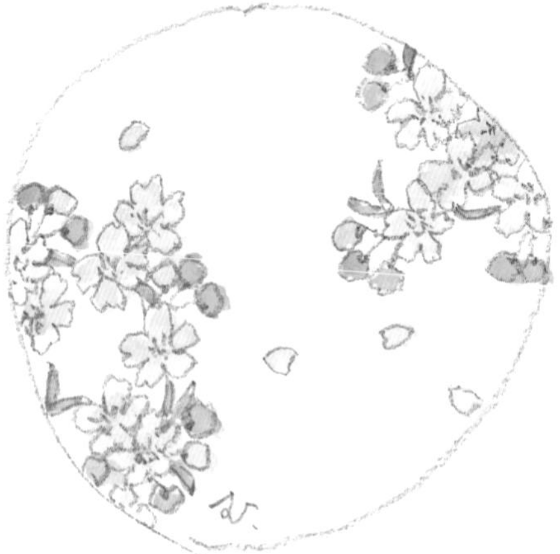

頭上戴著點火的鐵環，身穿紅衣。
臉上勾紅色臉譜。
歌聲結束之前，帶著一臉沉思表情緩緩步入舞臺。
舞臺逐漸明亮。
在適當場所有株盛開的櫻樹。
樹下有棟房子——
是兼家臥榻的舞臺設計。
在適當場所有具偶人。
眞正的兼家躲在屏風後。

詛咒之心
人的悲嘆
竟可以遮蔽山峰
竟可以遮蔽山峰
何況經年累月
憎恨盡數沉憂思

累積使為執迷鬼
也是不無道理呀

德子在偶人四周，時而愛戀、時而憎恨地邊舞邊轉圈子。
時而又跟偶人臉貼臉……

哎呀既愛戀

時而激烈地拒絕……

哎呀又憎恨

最後終於下定決心……

格外恨您
格外恨您

善變的男人啊
我要咬噬您

這時，躲在隱蔽處的兼家因過於恐懼而發出叫聲，自屏風後出來。

「哎呀，太恐怖了。」
吃驚的生成德子姬。

我不知　我不知
女人本性的激烈
求妳放過我一命

兼家合掌求德子姬原諒。
德子望著兼家，再望向偶人。

啊呀是稻草人

兼家你這傢伙
竟敢矇騙吾身

沙沙。
沙沙。
德子的頭髮揚起，獠牙變長。
德子姬撲向兼家。
兼家四處逃竄。
晴明於舞臺適當場所出現——

大小神祇　諸佛菩薩
明王部　天童部
九曜七星　二十八宿
驚動奉請
唸咒後不可思議
颷風降雨　雷聲　閃電

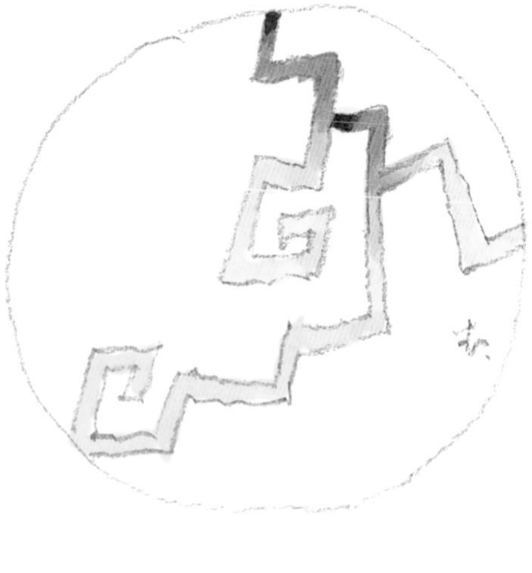

頻頻響起
驅邪幡亦作響沙沙　鳴動
令人毛骨悚然
太恐怖呀

晴明的四個式神蜜蟲、蜜夜、蜜魚、呑天也出現了，忙著拯救兼家。

突然……

道滿出現於適當場所，唸咒後，接下來妖怪又出現了，在舞臺上展開一場戰鬥。

博雅在此出現，看到道滿懷中藏有葉二。

那人懷中揣著的
是我的葉二

晴明掐訣唸九字眞言，指向笛子。

笛子自道滿懷中掉出，浮在半空，飛向博雅。
博雅伸手取笛子，徐徐吹起。

貼在我脣上的
乃是破邪笛

葉二徐徐響起後
不可思議呀
那群吵鬧的妖怪
竟都消失黑暗中
竟都消失黑暗中

不知何時，妖鬼已無影無蹤。

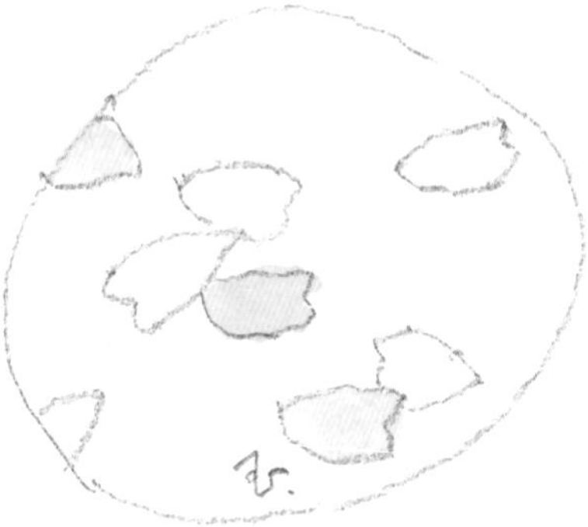

歌聲結束之前，化爲生成的德子姬倒地，換成原來的德子姬。
道滿以無可形容的悲哀眼神望著德子姬。

堪憐　女子的哀求
求吾把她變成鬼
本想讓她願得償
咒術敗　原形露
只得速速離去了

道滿迷惘若自失地步向舞臺左側而去。
德子姬慢條斯理地抬臉。

將那抬起容顏
細端詳
怎麼是

宗姬

博雅大人

每夜搭牛車傾聽笛聲人
是我德子呀

原來是妳啊
博雅伸手欲執她手

德子姬作勢拂開博雅的手……

哎呀羞人吶
我這身模樣
哎呀可恥吶
化為鬼的這張臉
既然已被您看到
無計可施只得

伸手向髮髻　取下銀簪子
抵在喉嚨口
刺進去
刺進去

博雅慌忙扶起她

原諒我吧
原諒我吧
我願意讓我的肉
給心愛的妳啖噬

哎呀博雅大人
博雅大人
我真希望能與您

更早一些邂逅啊

德子雙手合掌
在他懷中氣絕
在他懷中氣絕

櫻花紛紛開始飄落。
櫻花持續飄落，德子姬緩緩站起身。
此處的設定並非德子姬死而復生，而是她成爲幽靈而起。
在晴明、博雅、兼家的注目下，德子姬起舞。

彷彿做了一場夢
化為鬼
愛戀醒
怎奈痴情仍不消

聲容宛在
耳邊縈

言猶在耳不見人
香消玉碎成鬼神
香消玉碎別人間

在紛紛飄落的櫻花中，德子姬邊舞邊朝花道彼方遠去。

晴明、兼家、博雅對著德子姬合掌。

櫻花繼續飄落，德子姬消失不見。

既身為人
便會愛上人
既愛上人
便會化為鬼

身為人的人
委實可憐哉
卻也因是人
才會眷戀人
才知可憐人的悲

歌聲途中，〈駭人的咒〉舞者適當地登場。

〈既身爲人〉的歌聲結束時，照明、曲子也同時爲之一變，開始表演〈駭人的咒〉歌曲和舞蹈。

晴明、博雅、兼家也適當地混入起舞。

「駭人的咒」

駭人呀駭人
當你戀上人
驚人呀驚人

當你愛上人
蒼白眼眸在顫抖
紅色衣裳也哭泣
為解不開的戀顫抖
為得不到的愛哭泣
駭人呀駭人的戀
驚人呀驚人的愛

梳著金銀煩惱絲
為戀你而顫抖
甩亂金銀煩惱絲
為愛你而哭泣

思念你呀
金絲銀絲
愛戀你呀

金絲銀絲
觸不到的金銀緣
轉不動的金銀業

宿業
宿緣
在億夜的天涯海角

駭人呀駭人的戀
驚人呀驚人的夢

在舞蹈和歌聲結束之前，晴明、博雅、兼家緩緩退場。
舞臺上只剩〈駭人的咒〉舞者。
歌聲、舞蹈結束，同時也……

——閉幕——

①觀眾席中央直通舞臺的通道，也是重要演員上下場的通道。
②花道上靠近舞臺三分之一處，演員可以自下方出現。
③大阪府南部。
④即為三層高架子與五色驅邪幡。

作者後記

這回的繪本故事是《三腳鐵環》。
再度請村上豐先生畫插圖。
看著插圖，陶醉其中。
化爲鬼的德子姬竟然那麼嫵媚誘人。
白皙的雙腳蠱惑人心，臀部也超級可愛。
不過，她是鬼。
明明畫得很滑稽，但這鬼看上去像在哭泣。
這些畫眞是好極了。
我只能驚歎又感謝。

這回又加入另一篇與其說是「贈品」，還比那更有價值的作品。
是〈鐵輪戀鬼孔雀舞〉。
該說是戲曲，還是說歌詞呢——是舞劇的劇本。

是受日本舞踊協會之託，以〈鐵輪〉故事爲本而寫成。

因是實際將在舞臺上表演的作品，我也參考了謠曲的〈鐵輪〉。

預計將以我寫成的這篇劇本再改編爲舞臺用劇本，最後付諸演出。

本書收錄的是改編之前我所寫的底本。

從這底本到底會創造出什麼樣的舞臺呢？我想，讀者可以互相比較舞臺和底本看看，一定很有趣。

我也期待著觀看舞臺表演。

夢枕獏

二〇〇五年四月於小田原

夢枕獏公式網站：http://www.digiadv.co.jp/baku/

繪者後記

俗話說「咒人者得二穴」。我們順利咒死對方時，會暗罵「活該」，一面高高興興為對方挖掘一個墓穴。但這種行為必遭天譴，將得報應，結果自己也喪命，多了一個自己的墓穴，總計兩個穴。咒人者得二穴，說的正是這種道理。

各位千萬別認為現代社會不可能發生這種事。

您也知道，不管好壞，人生總是充滿曲折離奇的意外。

我們不能把夢枕獏的陰陽師世界看成是荒誕無稽的虛構故事。不論古今，人的喜怒哀樂都一樣。我接下插畫工作後，完全沉浸於這個包括所有快樂、恐怖、悲哀、美好等感情的世界。信者得救。這是個學習人性的好機會。請各位務必繼續捧場。

村上豐

對談

夢枕獏VS村上豐
用筆和繪筆所編織出的平安之黑暗

——節選自《文藝春秋》雜誌／二〇〇五年九月

夢枕獏，一九五一年生於神奈川縣小田原市。東海大學日本文學系畢業。一九七七年，在《奇想天外》雜誌發表〈青蛙之死〉而出道。之後，以《陰陽師》、《狩獵魔獸》、《餓狼傳》等熱門系列小說為首，在眾多領域中令廣泛讀者為之著迷。

村上豐，一九三六年生於靜岡縣三島市。三島南高校畢業。一九六〇年為《產經週刊》連載小說繪製插圖而出道。之後，活躍於插畫、繪本製作領域。分別在一九六一年獲得講談社插圖獎，一九八三年獲得小學館繪畫獎，一九九八年獲得菊池寬獎。作品有畫冊《墨夢》等。

——這次將出版《陰陽師》系列小說單行本《瀧夜叉姬》。不過，夢枕先生的文章配上村上先生的插圖這個組合，應該已經持續十九年了吧。

夢枕：啊，原來已經委託了這麼多年……十九年前的話，我當時仍是三十五歲。

村上：雖然承蒙抬愛而合作了這麼久，我們卻很難有接觸的機會。

夢枕：是啊。所以今天是個很難得的機會，我想多請教一些有關村上先生的畫的問題。村上先生為《陰陽師》畫的妖怪，是不是也同樣參考了各種資料而畫成的？

村上：因為只有古代的畫卷可以當參考資料，所以大部分都是看了畫卷之後，再靠自己的想像而畫出的。我注意的是盡可能不要畫成一看就知道是假的。我認為，該怎麼畫得看起來像是真的，正代表該畫家的本領。因為怪物那類的，大體上沒有人親眼看過（笑）。只是，說真心話，我自己也不太想畫那些讓人覺得很恐怖的畫。

夢枕：村上先生的妖怪都很可愛，或許應該說很有魅力，很有個性。

村上：其實說起來我還滿喜歡那種世界。我覺得，真正可怕的，是沒有發生任何事的那種。比如說小時候，大家都說會出現什麼什麼的，可是，真的一把拉開家裡的走廊的拉門時，裡面卻什麼也沒有。我覺得那種才真的很可怕。

夢枕：以前我家也很舊，我也是很害怕。

村上：廁所很可怕吧？

夢枕：是的。既不是抽水馬桶，廁所的燈光又很暗。所以小時候我上廁所時都開著門……村上先生的畫大多是水墨畫，在我看來，用毛筆和墨汁竟然可以畫出那麼自由的線條，真的很不可思議，是不是因為沒有跟著老師正式學畫，反倒比較好呢？

村上：我想應該是吧。一般說來，所謂美術，不僅水墨畫，油畫也好、日本畫也好，只要跟著老師正式學畫，通常都不得不畫成跟老師一模一樣的畫。我雖然沒有去美術學校正式學畫，但聽說去了美術學校的人，為了想得到好分數，都會在不自覺中畫成老師所喜歡的類型。

夢枕：畫來畫去畫到最後無法抽身，結果那個類型就成為自己的風格。

村上：是的。書法也一樣。像我，雖然經常有人說「你寫的字很有意思」，不過，我只有在小學和初中時學過書法，在還未完全定型之前就脫離常軌、走進岔路了。

夢枕：譬如寫《陰陽師》的標題文字時，是不是沒有經過大腦仔細思考，直接一筆就寫成的？

村上：是的，沒有事前準備，一筆就寫成。所以，當我認為，啊，這條線有點偏左時，在寫下一個字時，我就會修正一下軌道，稍微偏右。

夢枕：畫也大致是這樣嗎？

村上：是，畫也一樣。

夢枕：先唰唰畫下一筆，然後再承擔第一筆線條的責任，決定第二筆該怎麼畫嗎？

村上：是的。這正是我不先做素描，一筆就畫下去的理由。正因為這樣，才能畫出有意思的畫。比如說，人的身體，我都從自己喜歡的地方開始畫。根據不同人，或許也有人習慣從臉部畫起。

夢枕：我認識的漫畫家，大多都從臉部輪廓畫起……

村上：我都是一筆就畫下去，如果第一筆偏左，下一筆就偏右一點……這是我的作畫方式。如果怎麼畫都覺得不順眼時，那張畫就會作罷。我每次都是直接就畫下去。碰到繪本的工作時，對方經常要求先交出草圖，可是，就算是草圖，我也不喜歡畫了一次後、還要重新再畫一次同樣的畫。所以，我經常向對方說，對不起，我不畫草圖。然後再向對方說，完成之後，如果不滿意，我可以全面重新繪製，或者當場進行修改。到現在為止，除非錯誤得很厲害，要不然我從來沒有重新繪製的經驗。

夢枕：（拿起《陰陽師11：三腳鐵環》）我很喜歡出現在這個故事中的德子姬的畫（是個身穿紅色和服，頭上戴著三腳鐵環，頭上的三根蠟燭都點著火的女人，她彎著腰，從和服露出隱約可見的臀部線條），請問這張畫是按怎樣的順序畫成的？

村上：我記得應該是先從頭髮畫起。

夢枕：你在畫頭髮時，是不是還沒有決定腳會變成什麼方向那類問題？

村上：雖然已經有了大致形象，但是在畫頭髮時，完全沒有預想到會畫出屁股，或者會畫出腳之類的問題。

夢枕：原來是這樣。我很喜歡這個，屁股很可愛（笑）。然後呢？最後一筆是哪裡？

村上：是腳。畫了和服之後，覺得稍微露出腳比較好。

夢枕：是嗎？真有趣。以前，有個看電視學書法的電視節目，那時擔任書法老師的是岡本光平先生，那位老師也是從很奇怪的地方寫出第一筆。他不是按照一般寫法去寫。比如寫「木」這個字時，他會直接由下往上畫出一條線。可是，寫到最後，還是會成為「木」這個字。

村上：如果每次總是按照預定，按照規定順序的話，那會很無趣。就這點來說，寫小說的作家，好像每次都會猜測我究竟會挑選（小說中的）哪個部分畫插圖。因為我會交出任何人都意想不到的插圖。

夢枕：哎，真的是這樣。我每次都很期待你的插圖，因為完全無法預料。

村上：其實應該盡可能挑選符合小說內容的部分，只是，說明過多也有點……文章都已經適當說明了內容，如果插圖也按照文章那樣再說明一次的話，那就一點意思都沒有了，這是我的想法。所以我的情況是經常被人說，咦，怎麼在這個地方配上插圖（笑）。

夢枕：我的責任編輯總是一副興沖沖的樣子給我看插圖。每次送來村上先生的複印插圖時，他總是會有點裝腔作勢地「嘿嘿嘿」笑著遞出插圖（笑）。然後，等我看了畫，驚喜地「噢——」大叫出來時，他也在一旁看得笑嘻嘻。我真心覺得，這套《陰陽師》系列小說請來村上先生畫插圖，真是太好了。如果只有我的文章，小說世界會有某種程度上的限制，不過，配上插圖之後，世界就變得更遼闊了。

村上：包括剛才提到的《三腳鐵環》，我覺得這套有插圖的系列小說真的很棒，可以說是成人的童話書。

夢枕：系列（編按：指《陰陽師》繪本小說系列）第一冊的《晴明取瘤》是新寫的。因為要製作繪本，我就說，我來寫一篇新故事，再請你來畫插圖，所以那時我寫得相當賣力（笑）。我想讓很多妖怪出現在小說中。我很喜歡村上先生畫的妖怪。所以，我想，寫個可以出現很多妖怪的故事比較好。

村上：啊，不過，現代人真的敵不過古人的想像力。我想，說不定古人真的可以看到妖怪（笑），而且那時也有黑暗。現代畢竟已經沒有可以讓妖怪出現的黑暗了……

夢枕：確實沒有。過去的夜晚一片漆黑，說不定最明亮的是天空。

村上：沒有星辰的夜晚真的很暗。

夢枕：那時有星光之類的，現在應該沒有人會在夜晚帶著手電筒出門吧。

——《陰陽師》至今已經拍成兩部電影，假使有下一部電影的機會，這回的《瀧夜叉姬》正是第三部電影的腹案故事，我們聽人這樣說的……

夢枕：其實，這部《瀧夜叉姬》的前半部故事，是在提出第一部電影的構思時寫下的，就是晴明看到百鬼夜行時的場景。但是，這段故事在電影上因為有預算問題，對方說可能很難用得上，最後沒有採用。我一直在想，這真的太可惜了。所以，我決定用在這回的長篇上，之後不斷加寫，結果長度變成最初想像的兩倍（上下卷）。

村上：我很抱歉這樣說，不過，我還是比較喜歡夢枕先生的短篇（笑）。

夢枕：是，九月起又要開始刊登短篇（於《ALL讀物》）。

村上：每次都要擠出構思應該很辛苦吧。

夢枕：同樣分量的話，長篇比較輕鬆。短篇的話，每次都必須讓故事結束，這點就很難。我在寫《陰陽師》短篇小說時，通常都還沒有決定該怎麼讓故事結尾，就先動筆寫起。雖然腦中有最初的構思，但不知道該怎麼結尾。不過寫了一半之後，通常就會浮出結尾了。一邊寫，一邊對自己的小說負起責任的這種寫作方式，好像和村上先生的作畫方式相似（笑）。

村上：我想，所謂製作作品，說到底就是嘔心瀝血，很辛苦的。或許抱著如果不能一次結束，那就在第二次給它結束的打算進行製作比較好。

夢枕：事先決定好內容，進行時卻超出事先決定的內容，這樣的故事比較有趣。如果按照事先決定好的內容完成，我反倒會擔心不知道這樣寫好不好。

村上：是的，確實是這樣，我可以理解。總之，有時確實會發生多生的枝葉比較有趣的狀況。

夢枕：有時因為故事規模增大，某些怪角色自己動了起來，結果稿紙張數也會增多，但這樣反倒比較有趣。

村上：這點在繪畫世界中說不定也一樣。這和最初打算畫這樣的東西而動筆畫起，但在中途因筆橫向打滑而畫出意想不到的形狀，結果被那形狀所吸引的情況一樣吧。

夢枕：還有，有時因為趕時間而匆匆忙忙寫了一大堆的故事，反倒比花費很多時間所醞釀出的故事要來得有勁，自己都覺得，喔，這樣不錯嘛，這種情況也時常發生。

村上：確實有這種例子。考慮過多反倒不行。該在什麼地方告一段落，而且劃分時，刀鋒還是犀利的比較好。就算在截稿日期前，出門去觀看一場戲劇也可以的（笑）。在做其他事情時，說不定會突然萌生意想不到的新構思。

夢枕：我通常有兩張或三張稿紙的餘裕。如果還沒有決定故事內容，我會先寫下標題，接著寫晴明和博雅最初一起喝酒的場景。因為在那個場景，故事不會前進，暫且可以頂住一個晚上（笑）。

村上：光是頑固地守住自己的姿態，終究是不行的。我作畫時也是懷著這樣的感覺，認為如果畫不下去了，就先撤退到比較容易描繪的地方，再做打算。我以前有一段時期熱衷於抽象畫，那時就是執著於應該這樣畫，或者應該先訂下主題什麼的。可是，那樣畫著畫著，到最後什麼也畫不出來，只得暫時停止展覽會。這樣走到最後的結果，我終於領悟出，應該要畫不僅自己畫起來覺得有趣、別人觀賞畫時也覺得有趣的畫。當我轉換成這種作畫姿態之後，便覺得——啊，這樣的畫其實也可以。

夢枕：村上先生的畫獨樹一幟，再也沒有其他人能畫出這種風格的畫吧。因為，手的長度，左右不同啊。

村上：哈哈哈哈哈。

繆思系列

陰陽師〔第十一部〕三腳鐵環

作者／夢枕獏（Baku Yumemakura）　封面繪圖／村上豐
譯者／茂呂美耶
社長／陳蕙慧
副總編輯／簡伊玲
編輯／王凱林
行銷企劃／李逸文・廖祿存
特約主編／連秋香
封面設計／蔡惠如
美術編輯／蔡惠如
內文排版／綠貝殼資訊有限公司

社長／郭重興
發行人兼出版總監／曾大福
出版／木馬文化事業股份有限公司
發行／遠足文化事業股份有限公司
地址／231新北市新店區民權路108之4號8樓
電話／02-2218-1417
傳眞／02-8667-1891
Email：service@bookrep.com.tw
郵撥帳號／19588272 木馬文化事業股份有限公司
客服專線／0800221029
法律顧問／華洋國際專利商標事務所 蘇文生 律師
初版一刷　2007年12月
二版一刷　2018年11月
定價／新台幣330元
ISBN 978-986-359-598-4

歡迎團體訂購，另有優惠，請洽業務部（02）2218-1417分機1124、1135

國家圖書館出版品預行編目（CIP）資料

陰陽師. 第十一部 三腳鐵環 / 夢枕獏著 ; 茂呂美耶譯-- 二版.
-- 新北市 : 木馬文化出版 : 遠足文化發行, 2018.11
176面 ; 14 x 20公分. -- (繆思系列)
ISBN 978-986-359-598-4 (平裝)

861.57 107016123